GAEA

Gaea

ISLAND 噩盡島 3

莫仁——著

噩盡島 3

目錄

前情提要

數千年前，神話故事中的妖怪與人類本是共同生活在地球上，後來因為不明原因，兩界分離，形成今天的世界。但到了最近，由於某些因素，分離數千年的兩界，似乎即將重合為一！無數妖奇仙靈，等不及回來一探究竟。人類該如何面對這樣的局勢，拒絕還是接納、主戰還是主和……

亞洲道息出現莫名震盪，導致妖怪四出，人類傷亡慘重。白宗等人為了殺妖疲於奔命，卻是沈洛年感應妖炁的獨特能力，成為圍捕妖怪的利器。為徹底解決威脅人類的大患，道武門與聯合國部隊合作，要將妖怪集中殲滅，這個噩盡島計畫究竟能否成功？

登場人物介紹

■ 16歲，西地高中二年級。
■ 乍看有些白淨文弱的少年。個性冷漠，不喜與人接觸，討厭麻煩，遇事時容易失控。

沈洛年

■ ？歲。
■ 具有喜慾之氣的白色巨狐，個性精靈調皮。三千年前因故留在人間。

懷真

■ 17歲，西地高中三年級。
■ 校內有名資優生，個性負責認真，稍有潔癖，有時容易自責。
■ 隸屬白宗，發散型
■ 武器：杖型匕首

葉瑋珊

■ 17歲，西地高中三年級。
■ 校內體育健將。個性樂觀開朗善良，頗受歡迎的短髮陽光少年。
■ 隸屬白宗，內聚型
■ 武器：銀色長槍

賴一心

■ 20歲。
■ 個性粗疏率真，笑罵間單純直接，平常活潑好動、食量奇大。
■ 隸屬白宗，內聚型
■ 武器：青色厚背刀

瑪蓮

■ 20歲。
■ 個性冷靜寡言，表情不多，愛穿寬鬆運動外套、黑色緊身牛仔褲與短靴。
■ 隸屬白宗，發散型
■ 武器：銀色細窄小匕首

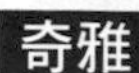

奇雅

ISLAND

雞肋型寶物

扔下吳配睿後，沈洛年搭著捷運回到板橋。

離開車站後，他快步而行，不到五分鐘的時間已經走到自家公寓的一樓門口，沈洛年遙望著屋頂的方位，不禁有些失望，卻是依然沒感受到懷眞的炁息。

懷眞過去都是陰曆十四到十六之間出現，但今日已是十七，懷眞卻仍沒現身，本以爲今日回家該會見到她，卻依然不見蹤影；沈洛年不死心地回自己房間看了看，只見房間整齊如故，沒出現懷眞出現後應有的慘烈雜亂模樣，他嘆了一口氣，換了件衣服，走回客廳。

沈洛年倒不擔心懷眞出什麼意外，不過卻挺喜歡和她相處時的感覺，所以多少有點期待，但既然眞的沒來，也無可奈何。

因爲急著回家，沈洛年沒在外面吃飯，這時也差不多餓了，他先到廚房，開火煮了一盤冷凍水餃，正一面咬一面往外端的時候，突然想起吳配睿說的話，便打開電腦，搜尋相關的資訊。

一面吃一面看著電腦螢幕，沈洛年漸漸有了概念，原來噩盡島是個位於夏威夷西南西方，一座方圓三公里左右的圓形無人島，這似乎是火山爆發產生的小島，島上沒有大型動物也沒有水源，除了砂石、山岩外，只有少量植物，靠著每日降下的豐沛雨水生長。

九天前，道武門的總門重建大會在檀香山召開，當所有門人聚集後，總門才宣布在這取名

爲噩盡島的島嶼上，聚妖並殲滅的計畫，希望各地宗派支援這個行動。

計畫很簡單，在上次震盪後，震盪圓周邊的中國、南北韓、日本幾個國家，道武門人數都大幅提昇，加起來已經有兩萬餘人，總門便準備以這些人團團圍住這個小島，並輪班施展聚炁之術，使道息在這島上凝聚，進而出妖，到時周圍各國的海空部隊，將會集中砲火轟擊這座島嶼，把妖怪們消滅得屍骨無存。

當然，爲避免出現道息震盪的情況，聚集的力量不能不夠，也不能斷絕，所以要等到新增的數萬道武門人變體引炁完畢、足以輪班凝聚道息，這計畫才能施行，現在還只是準備階段，整個計畫正式啓動，估計大概是在一個星期之後，但確定的日期尚未公布。

看到這兒，沈洛年不禁暗罵，聽吳配睿的說法，還以爲已經打起來了呢……原來根本還沒開始，但說也奇怪，既然有了這麼多人，白宗那幾個實在沒什麼去的必要，葉瑋珊等人幹嘛特別跑一趟？

吃完了水餃，沈洛年專心拿著滑鼠搜找資料，但網路上提到噩盡島的網頁雖多，內容卻都大同小異，沈洛年正思索著，突然他目光一亮，跳到門前拉開了大門，此時空中一道白影落下，輕穩地站在門口，正是一個月沒見到的美艷狐女——懷眞。

懷眞看到沈洛年主動打開門，笑吟吟地撲上，摟著沈洛年說：「臭小子，在等我嗎？」

沈洛年緊抱著懷眞一轉，將她帶入屋中，關上門說：「狐狸精，妳這次晚了。」

「是啊。」懷眞一把推倒沈洛年，把他壓在沙發上，咬著唇笑說：「少囉唆！嘴張開。」

沈洛年又是動彈不得，只好苦笑張開嘴，一面放鬆了對渾沌原息的控制，現在他對渾沌原息的控制力逐漸增強，若不是有意釋出，懷眞並不容易吸取。

懷眞好好地吸了個飽，身子一軟，趴在沈洛年身上呢聲說：「臭小子，我好想你。」

「腦袋燒壞了嗎？」沈洛年總算能動了，抱著懷眞坐起笑說：「怎麼突然說這種話？又想拐我嗎？」

「你的原息越來越濃、越來越好吃了。」懷眞軟綿綿地說：「害我每天都在想。」

原來是這種事，沈洛年好笑地說：「那就每天來吃啊。」

「雖然是好東西，吃多了還是不好。」懷眞輕咬沈洛年脖子，撒嬌地說：「自動點好不好？抓抓啦。」

沈洛年這時反正沒事，也就照著懷眞的要求，幫她搔背，懷眞舒服地長嗯了一聲，過了片刻才滿足地說：「我這次又有帶寶物回來喔，就爲了這個才晚的，找很久。」

又來了？沈洛年手停下，瞪眼說：「又去哪兒偷的？別鬧了。」

「才不是鬧。」懷眞扭著身子說：「手別停啦。」

沈洛年卻不肯抓了，一面說：「怎麼不是鬧？既然又叫寶物，不就又不准我離身？那還不麻煩？」

「這次是『血飲袍』，帶起來不麻煩。」懷眞見沈洛年不抓，嘟嘴跳了起來，從扔在一旁的小提包中，倏然拉出了一大片暗紅色的衣服。

什麼袍？這小提包裝得下這麼大件的衣服？沈洛年仔細一看，卻見不是提包厲害，而是這衣服十分輕薄，但說它輕薄，卻又暗不透光。

只見懷眞雙手一抖，將衣服攤開說：「看，好東西吧？」

「妳別想叫我穿。」沈洛年馬上說。

「爲什麼？」懷眞嘟嘴說。

「現在路上哪有人會穿這種衣服？」沈洛年瞪眼說。

卻是懷眞拿來的這件衣服，是件古式的暗紅色窄袖開襟方領長袍，腰旁還掛著條同色寬束帶，現在除了睡袍、浴袍之外，幾乎沒有這種型式的衣服，就算寒冷地區的外袍型大衣，也不可能只靠一條束帶束起。

懷眞眨眨眼說：「這是寶物耶。」

「怎麼個寶法？刀槍不入嗎？」若眞有這功能，去危險地方時，勉強可以考慮穿穿。

「哪可能？」懷眞卻白了沈洛年一眼，抖抖衣服說：「這只比吉光皮差一點，不會髒喔。」

不會髒頂多是方便，算什麼寶物？一想到這裡，沈洛年突然詫異地說：「吉光皮也是寶物？妳上次怎麼沒說。」

「反正你不知道也沒關係。」懷眞賊賊地笑說。

「愛說不說的。」沈洛年哼了一聲說：「總之這件拒收。」

「拒收沒關係，等蓋了咒再說！」懷眞笑說：「解咒之後，你不想要的都可以送回給我，我拿回去放。」

原來打的是這個主意？沈洛年哼哼說：「難怪妳不想說清楚功能，又專找麻煩東西……怕我捨不得還妳嗎？」

懷眞嘻嘻一笑說：「反正本來就是我去找來的呀，你如果願意送我，我也只是拿去還，省得以後有麻煩嘛！」

這話也是，沈洛年說：「我無所謂，但妳心懷不誠，說不定蓋不了咒。」

「不會、不會。」懷眞吐吐舌頭說：「我是眞的願意給你來交換原息，你若是恰好想回送給我，那不是我的錯。」

「好啦，那快點來。」沈洛年好笑地說：「就怕妳拿的東西不夠好。」

懷眞馬上拔下頭髮，拉著沈洛年的手，兩人又分別唸了一次誓言，內容就像上次一樣，只不過多加了血飲袍入咒，但雖然加上這寶物，懷眞唸咒後，頭髮依然化煙消失——蓋不掉過去的咒誓。

「可惡！還是不行。」懷眞一扔血飲袍，氣憤地罵。

「我可不幫妳保管這衣服！」沈洛年先一步嚷。

「別擔心啦。」懷眞皺眉嘟嘴，撿起血飲袍慢慢地折疊，只見越折越小，到最後彷彿一塊方帕，懷眞拿在手上得意地說：「這樣你還怕不方便帶嗎？」

「咦？」沈洛年吃驚地接過說：「這麼薄嗎？」

「當然，還可以折更小點呢。」懷眞一面說一面示範：「要是身上不好帶，也可以折成長條，綁在腰上、手臂上。」跟著把血飲袍束成布條，綁在沈洛年左手腕上。

「喔？這樣就不會不方便了。」沈洛年搖搖手臂說：「似乎沒什麼感覺。」

「當然，血飲袍冬暖夏涼、貼身柔軟、輕若無物，本來就是寶物。」懷眞說：「也可以把下襬往上折到臀下，穿在最裡面，外面不管穿什麼都會很舒服，可以不要穿內褲。」

「我習慣穿內褲！」沈洛年翻了翻白眼說：「聽來不錯啦，就是名字難聽了點，爲什麼取這古怪名字？」

「別管名字了。」懷眞說著說著忍不住埋怨說：「到底要找什麼寶物才能蓋掉？」

「其實妳不用特別找功能古怪的雞肋型寶物啦。」沈洛年哂然說：「去找個眞正好用的東西，我保證成功蓋咒後一定還妳，好不好？」

「不是這樣說。」懷眞側著頭，沉吟說：「所謂的寶物到底有多少價値，還是看使用的人……我找的東西雖然怪，但都是你需要的，照道理來說，應該很有價値才對。」

「是嗎？」沈洛年不大理解，自己需要一把好匕首還不難懂，爲什麼需要一件冬暖夏涼不會髒的衣服？見懷眞皺著眉頭思考，他苦笑說：「別老想著去哪兒偷東西，來，幫妳抓抓。」

懷眞果然高興起來，咯咯一笑，跳到沈洛年腿上坐著，側摟著沈洛年，方便他搔抓自己的背，一面說：「偷東西還不是爲了蓋掉這個咒？不過現在渾沌原息不足，很難偷，過一段時間再去好了。」

聽懷眞這麼說，沈洛年倒不好反對了，他雖不明白渾沌原息和偷東西的關係，但解咒、蓋咒倒眞的很重要，莫名其妙地突然和別人的命連接在一起，怎麼說都不對勁，想拚命、想發瘋還得考慮別人多麻煩？還是早點解決掉比較妥當。

「最近那些道武門笨蛋，有什麼新鮮事嗎？」懷眞一面享受一面問。

沈洛年一怔，遲疑了幾秒才說：「我一時之間倒忘了妳也算妖怪。」

「怎麼？」懷眞舒服地晃著小腿，半閉著眼說：「他們開始胡搞了？你怕我去阻撓嗎？」

「妳想阻撓嗎？」沈洛年問。

「不會啊。」懷眞笑說：「反正那些妖怪我不熟，不關我的事。」

「萬一有熟的呢？」沈洛年遲疑了一下說：「妳……要幫他們嗎？」

「放心啦。」懷眞頭又靠著沈洛年脖子，笑著說：「和我有交情的妖仙，人類不可能動得了他們，我幹嘛湊一腳？」

「這可很難說。」沈洛年說：「人類這幾百年發展了很多威力強大的武器，若是一股腦轟過去，就算是妳也未必受得了。」

「你是說核彈、中子彈、微波、激光之類的嗎？」懷眞笑嘻嘻地說。

沈洛年倒沒想到懷眞也懂這些，微微一驚說：「妳都知道？不怕嗎？這些東西聽說可以炸掉好幾個地球了。」

「還好意思說？所以說人類不知道在搞什麼。」懷眞噘起嘴搖頭說：「日後當眞被誰滅族了也不稀奇，這世界又不是只有你們在住，眞亂來。」

沈洛年自然無話可說，沉默了幾秒之後，只聽懷眞又說：「那些武器是挺可怕啦……但是不用擔心，頂多讓他們殺殺小妖怪，再過一段時間，什麼武器都沒用了。」

沈洛年看得清楚，懷眞不是說大話，是眞心這麼認爲，意思就是她雖然知道那些武器的威力，卻一點也不擔心？妖怪眞這麼厲害嗎？那還打屁啊？大家解散回家等死吧。

「欸欸！」懷眞突然有興趣地說：「他們在哪兒胡搞啊？我們去看看如何？」

「才不要。」沈洛年搖頭說：「幾萬個道武門人聚在一起，有人發現妳是妖怪就麻煩了……對啦，上次還有人找我要身爲『縛妖派』的證據，都是妳胡說八道害的！」

「嘻嘻。」懷眞得意地輕笑，一面說：「那你怎麼說？」

「就說我不知道啊，不然怎麼辦？」沈洛年抓得用力了點，一面說：「人家都想找胡宗宗長出來問『縛妖派』的祕訣呢。」

「輕點啦……」懷眞輕叫：「太用力就不舒服了。」

「說也奇怪，幹嘛老是要我抓。」沈洛年一面抓一面說：「妳隨便都可以找到一堆路人願意幫妳抓吧？」

「隨便找人？」懷眞白了沈洛年一眼說：「除你之外，還有哪個人能讓我這樣貼著？馬上就得請他作夢。」

也是，一般正常男子受不了這般撩撥，沈洛年心思一轉說：「那女人呢？就算對妳有好

感，總不會起慾念吧？」

「女人也是會有影響的，有時候還更麻煩。」懷眞摟著沈洛年笑嘻嘻地說：「不喜歡抱著我嗎？」

「妳若露出原形，抱起來毛茸茸的還比較舒服。」沈洛年懶了，輕推開懷眞說：「好了，不抓了。」

「原形不方便說話。」懷眞坐在一旁，不死心又說了一次：「我們去看那些道武門人搞什麼鬼啦，我保證不搞破壞，我也不可能被發現的，你放心。」

「不要，好不容易放寒假，我要休息……」沈洛年搖頭說：「妳想看自己去，地圖在電腦上。」

「呦？」懷眞跳起來，湊著電腦螢幕上下亂看說：「怎麼看？怎麼看？」

沈洛年見懷眞不會使用，過去幫忙調整螢幕畫面，一面說：「對了，妳倒是說說縛妖派是什麼東西，省得下次我又答不出來。」

「哎呀……」懷眞眼睛看著地圖，一面隨口說：「就是藉著妖怪的身軀引炁，把炁留在妖怪身上，並可以藉心念控制妖怪戰鬥，直到死去前妖怪都會受你的控制。」

「眞的假的？我覺得有種很不老實的氣味。」沈洛年瞪眼說。

「好啦，我是猜的。」懷眞眨眨眼笑說：「我很久以前看過這種人類修行者，和上次偷聽到的縛妖派特色很像……反正縛妖派失傳了，隨便說人家也不知道是眞是假啦——」

「引入妖怪體內幹嘛？爲什麼不引到自己身體裡？」沈洛年問。

「不管叫妖炁還是人炁都是炁，能引入多少取決於軀體的承受能力啊。」懷眞說：「強大的妖怪，能承受的炁可比人類多太多，怎麼不好？」

「那爲什麼會失傳啊……」沈洛年怔了怔說：「因爲妖怪消失了嗎？」

「也許吧。」懷眞說：「找小妖怪引炁就沒意義了。」

「也就是說……身邊要跟著一隻自己控制的妖怪，才稱得上證據。」沈洛年放棄弄假證據的想法，搖頭說：「算了。」

「哎呀！」看著網頁說明的懷眞，突然嚷：「原來還沒開始打仗啊？眞沒效率。」

「似乎還要一個星期。」沈洛年說：「眞想去的話，妳可以過一陣子再去，不過要小心別被人發現，那兒周圍可是圍滿了戰艦。」

「臭小子擔心我嗎？」懷眞抱著沈洛年脖子笑嘻嘻地問。

「才不擔心。」沈洛年哼聲說：「我怕人類殺妖怪的大事被妳破壞。」

「保證不會！」懷眞笑說：「我倒要看看人類能做到什麼地步。」

「若我也去與妖怪為敵呢？」沈洛年橫眼看著懷眞說：「妳要來保護我嗎？」

「小妖怪隨手幫幫可以，不准害我變身，變來變去很不舒服的！」懷眞瞪眼佯怒說：「你若故意跑去危險地方找我麻煩，我就把你打昏帶走！」

沈洛年聽了不禁好笑，想想又說：「如果我眞的必須去那兒的話，妳下次月圓會不會找不到我？我可不知怎麼聯繫妳。」

「放心。」懷眞一笑說：「血冰戒會告訴我你在哪兒。」

「咦？」沈洛年說：「我怎麼不知道有這功能？怎麼辦到的？」

「當然不教你。」懷眞得意地說：「才不讓你找到我。」

「臭狐狸！」沈洛年笑罵：「藏私鬼。」

「你學不會啦。」懷眞笑說：「你沒炁息，學不了道術、咒術。」

反正沈洛年也只是說說，他心念一轉，正想詢問懷眞上次變輕、變重的古怪感覺，身旁突然鈴聲大作，卻是電話響了起來。

沈洛年掙開懷眞的手，讓她自己看電腦，走去接起電話說：「喂？」

「洛年嗎？考完試了嗎？」裡面傳來熟悉的女子聲音。

沈洛年呆了幾秒才說：「是瑋珊嗎？」

「嗯，好一陣子不見了。」葉瑋珊溫聲說：「我們……現在人在檀香山。」

「我聽小睿說了。」沈洛年頓了頓說：「她也想去，我說隨便她。」

「她跟你提過了？」葉瑋珊帶點歉意地說：「不好意思，我怕打擾你準備考試，沒告訴你我們離開了。」

「沒關係。」沈洛年說。

「嗯……」葉瑋珊頓了頓才說：「你有找到懷眞姊嗎？」

沈洛年微微一怔，看了懷眞一眼，懷眞也正轉頭，兩人對視一眼之後，沈洛年還是說：「找不到。」

「你和懷眞姊……」葉瑋珊似乎覺得難以措辭，遲疑了一下才接著說：「不是關係很好嗎？怎麼……」

沈洛年這才想起，葉瑋珊看過兩人那有些異常的親暱動作，他一時不知該怎麼回答，沉默片刻才說：「還有什麼事要問嗎？」

沈洛年這種答話方式頗不友善，葉瑋珊遲疑了一下才說：「沒什麼……這兒的行動，預計一到兩個星期後開始，計畫成功的可能性很高，細節我不能在電話裡說，你不考慮來看看嗎？大家都很想念你們。」

見不到面，也就看不出她心裡的想法，她眞想要自己去嗎？還是只是客氣話？沈洛年聽著話筒中那遙遠國度傳來的悅耳聲音，頓了頓才說：「那兒不是有數萬道武門人嗎？我不能和妖怪戰鬥，去做什麼？」

「能參與這場戰役，也是難得的機會。」葉瑋珊說：「而且應該沒什麼危險，主要靠的是現代武器。」

沒危險性嗎？人類的判斷和懷眞的判斷可眞是天差地遠，沈洛年哂然說：「知道了，想去的話，找總統府第四局對吧？」

「對，你眞的要來嗎？」葉瑋珊驚訝地說。

「沒。」沈洛年說：「只是問問。」

「那……」葉瑋珊頓了頓說：「沒什麼事了，我另外打個電話給小睿。」

兩人道別後，沈洛年放下電話，走到電腦前，從懷眞手中搶過滑鼠，查了一下夏威夷的時間；現在夏威夷那邊是半夜兩點，她是有事晚睡，還是特別熬到這時間不睡？

懷眞湊在沈洛年身旁，突然細著聲音說：「我怕打擾你準備考試，沒告訴你我們離開了。」學的正是葉瑋珊的腔調。

「臭狐狸。」沈洛年瞪了懷眞一眼說：「耳朵這麼靈幹嘛？」

懷眞繼續扮演：「你和懷眞姊……關係不是很好嗎？」

「別鬧了。」沈洛年板起臉說。

「你眞的要來嗎？不來嗎？」懷眞還在學。

沈洛年這可眞的生氣了，正想開罵，懷眞已經先一步嘻嘻笑說：「好啦、好啦，你怎不告訴她，我和你不是那種關係？」

沈洛年一口氣被堵著發不出來，停了好片刻才說：「幹嘛要說？而且誰看了那種畫面還會相信？」

「那我去幫你說吧。」懷眞一拍胸脯說：「只要是我開口，瑋珊會信喔。」

「少多事。」沈洛年說：「她又不是我的誰，特別解釋反而古怪。」

「眞的不用嗎？」懷眞賊兮兮地說。

「不用！」沈洛年斬釘截鐵地說。

「好吧。」懷眞似乎覺得沒趣，聳聳肩，跑進房間裡面脫衣服去了。

片刻後懷眞穿件連身裙跑出來，歪頭詫異地說：「爲什麼只剩下這件？我其他的『居家服』呢？」

「毛衣、襯衫我都收起來了！」沈洛年瞪眼說：「妳裡面老是光溜溜，只穿那種能看嗎？只有這件還像點樣。」

「你叔叔回來人家會換啊！」懷眞一聽跳腳說：「你虐待我！干涉我穿衣服的自由，我以後回來都不穿了！」她一把將衣服扯下，赤裸裸地站在沈洛年面前，扠著腰生氣。

兩人對視十秒，沈洛年終於嘆氣說：「都在我衣櫃上面的紙箱裡。」

「嘻！」懷眞回嗔作喜，撿起連身裙，又跑了進去。

「這狐狸……」沈洛年正想罵人，電話卻又響了起來，沈洛年接起電話，沒好氣地說：「喂！」

「洛年？」裡面傳來吳配睿有點害怕的聲音：「你又在生氣嗎？」

「呃……」沈洛年倒有三分自責，咳了咳說：「沒事，怎麼了？」

「剛剛瑋珊姊打來，說要幫我安排耶！」吳配睿開心地說：「我四天以後過去，這個寒假可能都待在那兒喔。」

「那很好啊。」沈洛年說。

「你不一起去嗎？」吳配睿說：「大家一起才好玩啊，瑋珊姊說大家都很想念我們耶。」

「才幾天不見，不用這麼快就開始想念。」沈洛年懶洋洋地說：「妳去玩就是了，我不去。」

「你好彆扭喔，就說不用打妖怪，當作去玩啊，為什麼不去？」吳配睿說。

居然敢說我彆扭……這丫頭好好跟她說話，膽子就突然大起來了，但眞和她發火她又會嚇到……沈洛年頗感難以拿捏，沒好氣地說：「不去就不去，幹嘛找理由？」

「哼，你壞人，放人家自己去。」吳配睿嗔說：「飛機要坐十二個小時耶，很無聊。」

「帶幾本小說去吧。」沈洛年說：「四天後就要出發，快去整理行李。」

「啊！」吳配睿驚呼一聲說：「對唷，我第一次出國耶，要帶什麼啊？聽說那邊很熱？」

「不知道。」沈洛年說：「既然熱妳就帶幾條熱褲去吧，他們不是都想看嗎？」

吳配睿大叫一聲：「討厭啦！洛年！」

「不然帶比基尼去？」沈洛年說。

「不跟你說了。」吳配睿氣呼呼地說：「我也不帶禮物回來給你！」

「隨便啦。」沈洛年說：「沒事就再見了。」

「哼！壞蛋洛年再見！」吳配睿終於掛了電話。

「眞的不去嗎？」裸著兩腿、只穿著一件白色大襯衫的懷眞站在房門旁笑，手上拿個圓筒說：「這是什麼？裡面一大盒耶，就是叫作拉炮的東西嗎？我要玩！」一面把圓筒上帶著線的拉環拔了下來。

這一拔，霎時整個房間充滿了嗆鼻的紫色煙霧，懷眞驚呼一聲，扔下圓筒瞬間竄出屋外，沈洛年呆了兩秒，眼見伸手不見五指，連忙跟著往外跑，一面忍不住大罵：「媽啦！妳這笨蛋狐狸！那是煙霧彈！」

「人家不知道嘛——」

「妳穿這樣跑出來……進去穿條裙子！」

「好多臭煙，不要！」

「……死狐狸！」

□

十日後，二月八日星期一，夏威夷時間早上五點，滅妖作戰終於正式開始，這時台灣是午夜十一點，沈洛年和難得回來的沈商山，一起坐在電視機前面，看著實況轉播。

事實上，全世界大多數人這時都在電視前面，等著親眼目睹人類和妖怪展開大戰的歷史畫面，所以沈商山除了回家之外，也沒什麼別的事情可以做。

電視畫面中，那周長僅萬餘公尺的圓形小島，順著周圍地勢，滿滿站了一圈約三千名東方臉孔的部隊，每個人腰間都掛著一把短劍，而周圍一艘艘各國軍艦往外排開，各種大小砲管都正對著這小小的噩盡島，空中飛機高速來去、直升機低空飛旋，正是一派肅殺景象。

「這些人穿的衣服，好像是對岸解放軍的制服……洛年，屠妖者武器都一樣嗎？」沈商山問。因爲道武門人四個字有點拗口，加上現在道武門大部分的門徒已經變成各國軍人，而過去台灣道武門人又被稱爲屠妖部隊，所以現在頗多台灣媒體直接以屠妖者稱呼道武門人，沈商山也順應流行跟著換詞，不過國外似乎是喊變體者，算是比較平實的稱呼法。

「兼修派喜歡用這種武器。」沈洛年說。

「屠妖者好像大都是兼修派的？」沈商山說。

「嗯。」沈洛年點頭，失傳的兩派不提，剩下的兩派中，專修派的人數如果以前是十分之一，現在可能變成千分之一了。

「你那個派人多嗎？」沈商山又問。

「很少。」沈洛年說。

這時噩盡島那端，似乎是時間已至，在一聲砲響號令下，三千人同時舉起短劍，遙指著島嶼中心，這時轉播的記者，正興高采烈地解釋著，說屠妖者將把那無形無色的道息集中到這小島上，接著馬上就會出現妖怪。

果然不到十分鐘的時間，那沒什麼動植物的噩盡島中央山丘，就開始出現了許多古怪妖物，紛紛往四面竄出，這時記者更激動了，一面轉播，一面讚歎著衛星攝影技術的成熟，否則受妖炁影響，一般攝影機沒法拍出畫面。

這時負責攻擊的聯合部隊統帥一聲令下，幾個類似燃燒彈之類的東西，被直升機帶著往島中央投了過去，轉眼炸開好大一片火光，妖怪們果然馬上被這片烈焰燒化。不過在眾人歡呼聲中，又持續有妖怪不斷冒了出來。

此時記者正聲嘶力竭地解釋著，說妖怪實在強悍，一時之間無法殺盡，同時在空中盤旋的直升機，按著指示不斷飛近扔下炸彈，保持著島上的火焰。

「妖怪這麼難殺嗎？」沈商山不由得有點心驚。

「不是，這種妖怪很好殺。」沈洛年說：「是一直有新的冒出來。」

「那記者亂報導喔？」沈商山詫異地說。

沈洛年好笑地說：「叔叔你不是最清楚新聞記者嗎？不然換另一台，有兩台在轉播。」

「不行，那台主播都只求說話聽起來順暢，好好一串話裡塞了一堆無意義的詞彙，文法亂七八糟，仔細聽根本受不了。」沈商山轉頭說：「問你還比較清楚，接下來會怎樣？」

「嗯……」沈洛年沉吟一下說：「道息集中了就不能隨便放掉，否則會造成道息震盪，他們應該會保持一段時間，直到這種妖物不再出現，到時候可能會集中更多道息。」

「只在那座島上開啓門戶，就可以引來所有妖怪了嗎？」沈商山問。

「聽說妖怪現在很想來這世界。」沈洛年說：「所以會擠來。」

「他們不知道來的都死掉了嗎？」沈商山又說。

「我不清楚。」沈洛年頓了頓說：「現在來的其實不算妖怪，只是妖界妖炁的聚合體，沒什麼智慧，有智慧的會不會覺得古怪而不來我不清楚……不過至少隨著這些小妖怪出現，也可以消耗掉部分道息，應該有好處。」

「可以消耗掉道息嗎？」沈商山目光一亮說：「這麼說來，一直這樣下去的話，妖怪就不能從別的地方出現了？」

「也許吧。」沈洛年不很確定。

兩人繼續看著電視，就這麼過了好一段時間，畫面上一直有妖怪出現，而島上的烈焰也一直沒消失，出現的妖怪很快就因爲烈火焚身而死，島上到處都是被燒爛到無法分辨形貌的妖屍，也不知道還能不能提煉出妖質。

沈商山看著看著，打了一個呵欠說：「就這樣啊？」

「恐怕要一段時間。」沈洛年也伸了個懶腰說：「睡覺吧。」

「對了，你女朋友呢？最近都沒看到。」沈商山站起時問。

「她本來就不常來。」沈洛年說：「之前你遇到兩次是巧合。」

「喔。」沈商山想想又說：「我一直沒問……你們不是道武門的嗎？為何沒去噩盡島？」

「懶得去。」沈洛年聳聳肩，指著電視說：「反正都用炸彈轟。」

「也是。」沈商山想想突然說：「我也能入道武門嗎？」

「嗄？」沈洛年倒沒想到叔叔突然冒出這句話，詫異地看著沈商山。

「你看，妖怪轟著轟著就這樣死光了。」沈商山沉吟說：「以前是因為要和妖怪戰鬥、有生命危險，所以沒什麼人應徵入門，既然妖怪會被殺光，那入門很棒啊。」

「不一定這麼簡單就沒事了。」沈洛年搖頭說：「有一種說法是妖怪很強，以後天下會大亂，不知死多少人。」

「這樣的話，好像更需要入門了？」沈商山皺眉說：「出現強大妖怪，導致天下大亂的話，死的當然是普通人。」

叔叔這種想法似乎也挺有道理的？但自己就算肯收，也不懂怎麼變體引炁……甚至連妖質都沒有，沈洛年思忖了一下說：「我這宗派沒法收人，白宗收人的組不大愛收男性，李宗似乎都找軍警在收……」

「原來如此。」沈商山搖手說：「我只是說說而已，而且入門以後責任似乎會變很多，我還想自由自在地拍片呢。」

「嗯，真的很囉唆。」沈洛年點頭說：「全台灣道武門人沒去噩盡島的，恐怕只有我。」

「那可真麻煩。」沈商山往房間裡走去，一面說：「別忘了關電視。」

「知道。」沈洛年又看了一陣子，見最低級的妖怪不斷出現，沒完沒了，正覺無聊時，卻見周圍的船艦、直升機突然一起動了起來，往噩盡島集中，而周圍許多小船也正朝噩盡島行駛，船上數百名穿著不同服裝、不同人種的人們，以各種不同的方式飄身上岸，一組組地站在那些凝聚道息的人內側。

這些似乎不是道武門的軍隊新人，彷彿是世界各地道武門宗派大集合……這不像是要換班，他們想做什麼？

ISLAND

不會停止的噩夢

本有點昏昏欲睡的沈洛年，打起精神繼續看，只見一艘艘登陸小艇緊接著那群人之後往島上接近，一隊隊士兵繞過這兩排屠妖者，在前方早已堆好的沙包後架起一挺挺重型機槍，還有不少人拿著地對地的火砲瞄準島內的方位。

看樣子似乎要準備應付比較強的妖怪了？但會不會太早了些？

沈洛年既然不大清楚，記者當然更不清楚，不過他們仍然很盡責地推測，正說到一半，那主播突然停了停，似乎耳機傳來了說明。

片刻後主播興奮地說：「爲各位觀眾報導最新消息，聯合部隊發言人表示，將準備提升道息濃度，那些新派上島的屠妖者，都是變體時間較長，也具有和妖怪作戰的豐富經驗，上岸是爲了保護那些負責凝聚道息的屠妖者。」接下來主播又開始重說一次，萬一道息沒能控制好，引起震盪，一個多月前的慘劇又會再度發生云云。

這麼快就要提升濃度了嗎？接下來會出現什麼樣的妖怪？螢幕中，島周眾人聚精會神地盯著島嶼內，但除了那不斷出現的低級融合妖之外，一直沒出現什麼特殊的妖物，而似乎上面下了命令，這時的炸彈攻擊已經停止，讓融合妖、原型妖在島中移動奔跑，而四面機槍則對著最外圍的妖怪狂轟，不讓妖怪向人類接近。

也許他們想看清楚接下來的變化吧？而且如果能凝聚妖物一段時間才轟炸一次，也比較省

炸藥，一開始的連續狂轟應該只是保守的做法。

又過了一段時間，不知道為什麼，融合妖慢慢不再出現，島中央雖仍有些躲著不敢往外走的妖怪，一時也沒人理會牠們。

就在這時候，突然島中央一陣古怪的煙塵冒起，一大片深綠色的怪東西，毫無徵兆地從島中央那小丘陵區冒了出來，眾人一呆，卻見中央那片古怪東西不斷蠕動變形，上方大片不知是觸手還是草葉的綠色物體正搖來晃去；而這物體往外擴大的速度又快又急，彷彿快轉播放著某種植物的成長畫面，不過幾秒的工夫，那東西已從原本的數十公尺寬，蔓延到百公尺餘，而且越來越厚，讓本來不到五十公尺高的丘陵，似乎又高了一些，而那些隨風擺動的綠色肥厚長葉，也跟著越來越長。

這時別說大家都在發呆，連播報的記者都呆了好片刻，眼看著那大片綠色從島中央慢慢往外蔓延，接近的低級妖怪也不躲避，就這麼跳到那一片綠色之中，似乎對牠們來說，這些深且厚的綠色異物並沒有什麼威脅性。

「這到底是什麼？各位觀眾一定和記者一樣，正感到驚訝和慌亂，這是人類史上首見的巨型……巨型妖怪。」播報員終於開始嚷：「那是植物型妖怪嗎？看它那擺動的葉片！但這大片……草地卻是一個整體，還正在不斷地擴張……」

眼看著那片綠色越來越大，部隊那兒終於有了動作，這次不派直升機，而是幾艘中型艦艇同時發砲對著島上打，但見白焰破空，幾溜火光在銳嘯聲中畫出弧形長線，對島嶼中央轟擊，隨著連續幾聲爆響，島上再度炸開了大片的焰光，那些草葉也被炸得四面亂飛，不少帶火的斷葉往島嶼周邊的屠妖者和部隊噴去，人們連忙閃避、格擋，不過這些東西似乎沒有什麼害處，斷了之後就不再蠕動，只是個長相奇異的斷草，眾人也漸漸不再理會。

可是那些怪草雖然能燒，卻似乎無法「延燒」，縱然表面部分一直被燒乾、炸散飛碎，那大片綠仍在不斷地擴張、脹大，從焦黑的表面往外竄，而島周眾部隊站立的地方，更是遍地都是燒焦的斷草。

「這是什麼？」已經換了睡衣、剛打算去趟廁所的沈商山，瞥到畫面不禁吃了一驚，又坐了下來。

「不知道。」沈洛年說：「突然冒出來的妖怪，一直變大。」

「這完全不合理吧？」沈商山瞪著畫面說：「這些妖怪不守法就算了，總得照規則吧？以前不是有人說過什麼能量守恆、質量守恆之類的理論嗎？那是誰說的？怎麼不去制止一下這些不守規矩的妖怪啊？」

問題不在於那是誰說的吧？叔叔在說笑話嗎？沈洛年看了沈商山一眼，見他一臉認真，似乎不是開玩笑，自己反而不禁好笑，確實……很早以前就這麼覺得了，這些妖怪老是莫名其妙地變大，要只是像吹氣球一樣變大就算了，問題是還跟著變重！怎麼想都說不通，這世界還講不講道理啊？

就連那隻狐狸精，壓上來的時候也老是莫名變重，壓得人動彈不得，下次倒要問問她是怎麼回事……啊，上次自己也是莫名其妙地變輕、變重，那幾天一亂，倒是忘了問那臭狐狸。

眼看著那大片綠草越來越多、越來越厚，折斷的枝葉到處飛散，不只散滿了沿岸眾人身上，更嚴重的是因爲有這大片東西，那些妖怪躲在綠草裡面已經無法攻擊，更不知底下還有沒有藏著其他的妖物。

還好這大片綠草雖然不容易燒，倒是打得爛，周圍火力不斷往內攻擊，綠草雖仍不斷擴張、越來越厚，卻一直無法接近外圍的人群，不過這樣下去，等堆疊到一個程度，往外一倒，那可不是砲火攔阻得了。

「這該怎辦？」沈商山詫異地說：「這樣下去不就會輸了嗎？現在應該馬上停止聚集道息吧？」

「應該已經停止聚集了。」沈洛年頓了頓說：「但還得維持著穩定，突然散去的話，又會造成道息震盪。」

「那慢慢放的話呢？」沈商山問：「有人知道裡面道息的濃度嗎？」

「似乎現在還沒有觀測道息的辦法……」沈洛年說：「他們是憑著理論和經驗在控制。」

「那可不妙啊……竟然沒有人能感應到道息啊？」沈商山想起自己還沒去廁所，一面走一面叨唸著。

這世界……確實有一個人能感受到道息的變化……沈洛年想到此處，一股煩悶感襲上心頭，他一按遙控器，關掉電視畫面，轉身回房去了。

□

一覺醒來，沈洛年還躺在床上，已經聽到外面隱隱傳來的電視聲音，一向晚起的叔叔，這麼早就打開電視了？

沈洛年坐起身來，深深吸了一口氣，看了一下時間，這才發現不過凌晨四點，自己居然只睡了四個小時？看來叔叔不是早起，是還沒睡。

自身體狀態改變後，偶爾需要的話，睡得少確實影響不大，不過照著過去養成的習慣，沈洛年每晚還是都會睡個六、七個小時，今日若不是被電視聲吵醒，應該還可以再睡一陣子。

外面電視是在吵什麼？叔叔不會一直看著電視沒睡覺吧？沈洛年掀開被子，起身下床往外走，剛打開房門，沈商山就回頭說：「起來了？快來看！」

「怎麼？」沈洛年目光轉向電視。

沈商山噴出一大口煙說：「先是部隊撤退到海上，繼續攻擊，但是後來……」

「換地方了嗎？怎麼換的？」沈洛年看著電視吃驚地插口問，卻是電視上顯示的島嶼根本不像噩盡島。

「沒有，還是噩盡島，但島變大了。」沈商山說：「你聽我說，先是部隊往外撤，接著屠妖者也撤到周圍連成一圈的浮板上，還換了一次班，後來那個綠色妖怪一直往外長，直到泡到海水，就變成奇怪顏色的泥土落到水底，幾個小時之後，島就大了一大圈，直到變這樣才停下。」

沈洛年看著畫面，果然大了整整一圈，而且整個島嶼綠意盎然，上面全都是那古怪的植物妖怪，在草葉縫隙之中，似乎還有不少妖怪正快樂地到處竄來竄去。

至於植物外圍部分，只要是被海水波浪拍打到的區域，似乎就會化成黑褐色的泥塊，而那泥塊坍下後，很快就硬化如石，所以這變大的噩盡島，周圍就這麼多了一圈整齊的黑褐色裙纙，看來十分不自然。

「島變多大了？」沈洛年問。

「好像五公里寬。」沈商山說：「還好多了一個旅下去，一樣可以維持著道息凝聚。」

「一個旅？」沈洛年不熟悉這種東西。

「三千人左右。」沈商山說：「現在外圍有兩個旅圍著。」

「他們就這樣圍著嗎？不攻擊？」沈洛年問。

「攻擊過很多次，但是那植物妖怪打爛了又冒出來，沒完沒了，剛剛才暫停……不過只要有妖怪竄出來，就會被火砲集中攻擊，現在還算挺安全……」沈商山打了個呵欠，站起說：「我該睡了。剛剛那幾小時眞的很刺激，浮板不斷往後撤，一直不知道會不會出人命……你要看嗎？不看的話我關掉了。」

「叔叔。」沈洛年頓了頓說：「我好像該去一趟。」

「啊？」沈商山一怔說：「去哪？」

「那兒。」沈洛年望了望電視。

沈商山微微一驚說：「有人催你去嗎？」

「不是。」沈洛年想了想說：「只是……覺得該去看看。」

沈商山看著沈洛年，停了幾秒才說：「不差你這一個吧？」

這次輪沈洛年沉默了，他過了片刻後說：「叔叔不要我去嗎？」

沈商山抓了抓頭，重新坐回沙發上，看著沈洛年說：「去不去無所謂，我是不希望你出事。」

「還是別去好了，不關我事。」沈洛年心意又變了，轉頭說：「我繼續睡覺。」

「洛年。」沈商山叫了一聲。

沈洛年轉回頭看著沈商山。

「今年除夕，阿達家裡要辦晚會，我不去不行。」沈商山說：「你要去嗎？」

沈洛年馬上板起臉搖頭，他這輩子第一次看到妖精打架現場，就是前年那位阿達家裡辦party的時候，沈洛年想到這事就火大，要是去了被人嘲笑兩句那不是更火？說不定還會看到上次那兩個光屁股。

沈商山自然知道原因，正笑著想說話的時候，突然電視畫面又變了，所有的船艦紛紛往後退，連那些屠妖者站立的浮板也被許多小船往後拉，直退開十公里方圓。而這時負責凝聚道息的人數，比之前又更多了。

沈洛年不禁皺起眉頭，他們知道自己在幹什麼嗎？圈子拉大容易，但久了之後，裡面道息濃度增加，想縮小可就不一定容易了，六千人還容易安排輪班，再放大下去，一、兩萬人整天圍著，能支持多久？

就在這個時候，似乎有道影子閃過螢幕，接著一道白線穿破天際，隨著一個模糊黑影下落，噩盡島突然炸起一片強烈的閃光，連電視機前都感到刺眼，三秒過去，噩盡島中央凹下一個大坑，周圍不再是一片綠地，而是一片悽慘的焦黃，那本來不斷晃動的植物妖怪，似乎完全斷絕了生機。

與此同時，外圍的屠妖者浮板再度往內拉，聚炁的圈子則開始緩緩縮小，似乎打算恢復之前的模樣。

這時，不知道是不是跑去打瞌睡的二線主播才突然出現，急忙地報導著剛剛的狀態，據說那白線是戰鬥機掠過攝影鏡頭時留下的痕跡，那戰機投下了炸彈後就迅速飛離，所以來不及拍攝，至於戰機和炸彈的種類，自然還不清楚，這主播似乎也沒什麼軍武知識，在那邊殲八、殲十的亂猜。

看樣子總門那些人也不只是隨便打打，還是有計畫的，沈洛年暗暗點頭，稍微安心了些。

「讚啊！這下妖怪死光了。」沈商山嚷了嚷，回頭說：「你剛是說除夕不去吧？」

「不去。」沈洛年說。

沈商山說：「那我就自己去囉，過年外面沒賣吃的，家裡多買點菜預備著，別都吃泡麵。」

「知道。」沈洛年應了一聲，轉身回房去了。

□

當日沈商山睡飽後，帶著沈洛年出門買了一堆食物塞滿冰箱，之後就開著車子離開，再度不見蹤影。

沈洛年反正無事，就這樣一個人在家裡清閒，不看電視也不出門，只靠著看小說和漫畫，度過一個人的除夕、春節。

這段時間，沈洛年刻意不打開電視，就算偶爾打開也不看新聞頻道，雖說實況轉播只有那一天，但那兒的戰況，新聞頻道還是很頻繁地轉播，看多了反正沒好處，不如不看。

不過就算如此，沈洛年上網時，偶爾還是會不小心看到一點消息，似乎後來又出現了幾次怪異的植物妖怪，一樣沒過多久就覆滿了噩盡島，然後又被軍方的強力炸彈轟成一片焦草。

一個星期過去，到了年初四、新曆二月十五之時，有些店家已開始營業，在家亂吃了好幾天的沈洛年，不想繼續窩在家裡，於是中午他換了件衣服，向火車站那兒的商業區走去。

初四畢竟不是全部的商家都開門，看了看，過去幾個較熟悉的麵飯館都沒營業，沈洛年索性走入百貨公司，打算到美食街覓食。

一走進百貨公司，沈洛年就不禁皺起眉頭，裡面怎麼滿山滿谷的都是人，不是說最近經濟不景氣嗎？這些人是純逛街還是都是有錢人？

沒想到走下美食街後人更多，擠得連個座位都沒有，有的一大家子分成兩團，大呼小叫地搶佔位置，這邊幾個嬰兒彼此呼應地哇哇大哭，那兒父親正拿著筷子打小孩，男女老少移步間摩肩擦踵，連想接近攤位都有點困難。

媽的，還是回家好了，沈洛年好不容易擠回手扶梯，回到一樓，有如逃難般地擠出百貨公司，站在開闊的大門前廣場，這才好好地喘了一口氣。

就在他喘了這一口氣的同時，突然沈洛年眉頭微皺，目光向著遙遠的東方望去。

卻在這一剎那，沈洛年隱隱感受到周圍道息多了點微弱的流動感，似乎正向東方漫去。

這並不是上次那種震盪感，也就是說，若上次是水面的波紋，這次則是一股微弱的水流。

一週前噩盡島屠妖作戰，那數千名屠妖者同時凝聚道息之後，沈洛年就感受到了類似的流動感，但因爲十分緩慢微弱，感覺也若有若無的，並不容易感受。

畢竟噩盡島只是個小島，雖然後來因爲那妖怪植物的不明原因而增大，也沒大上多少，屠妖者不需要凝聚太多道息，就可以產生聚妖的效應，沈洛年自然不會感受到周圍道息有太大的消耗。

不過剛剛那一剎那，似乎道息突然提高了凝聚的速度，雖然還是很微弱，卻比之前增加不少，如果讓沈洛年猜測的話，之前如果是六千人圍著噩盡島，現在可能增加到一萬人以上了。

是因爲妖怪消耗的妖炁太快，相對使得出現的速度變慢了嗎？所以從三千改爲六千還不夠，還要繼續增加？這樣看來的話，倒是好消息，代表一切都照著總門的計畫進行，也許再過兩、三個月，這世界的道息會都漸漸集中到那個島嶼，然後讓前仆後繼來砲火下送死的妖怪耗用掉，就這麼保持著平衡，永遠維持下去。

又或者雖然不能一直這樣維持著，卻能讓強大的妖怪從那兒先出現，進而集中人類的武力和科技將之毀滅，就不用等日後在全世界到處隨機式地戰鬥了。

但懷眞既然也怕強大的武器，爲什麼這麼有把握？肯定一段時間以後這些武器就沒用了？沈洛年本就不是腦袋特別靈光的人，想不出來，也就不想了，肚子還沒塡飽呢……現在該再逛逛？還是乾脆回家？反正明天各店面應該都會營業，就不愁沒吃的。

沈洛年正想間，卻突然有點古怪的感覺，他四面望了望，見周圍眾人不知爲何都閉上了嘴，不約而同地抬頭望著上方，雖然廣場周圍一直有百貨公司播放的喜慶音樂，但在人聲突然消失的這一剎那，仍給人一種詭異的安靜感。

大家都在看什麼？沈洛年跟著抬頭，卻見每個人都望著百貨公司旁掛著的巨大螢幕，那上面似乎正在轉播即時新聞。

這種廣場上的大螢幕電視新聞轉播，通常都不放出音效，只能觀賞畫面，此時畫面上顯示的正是夕陽西下時的噩盡島，而那島嶼中央正不斷爆出大團大團土塊，一面往上隆起，一面不斷地往外翻滾，島周圍的一般部隊和屠妖者正紛紛往外退，每個人臉上都有點愕然。

植物妖怪之後是泥土妖怪？泥土妖怪該怎麼殺？沈洛年這下子也呆在那兒，這一瞬間，和這廣場周圍的千百人一樣，都看著那大螢幕發呆。

這兒本是人潮往來之處，看著螢幕的人停下腳步，人數就越來越多，不到幾分鐘，幾百人變成幾千人，慢慢地越來越擠。而螢幕中島上狀態也不斷變化，那些不斷增加的泥土已滾到了岸邊，正開始往海面擴展。

當時的植物妖怪遇到海水似乎還稍微受到了阻礙，但這泥土妖怪卻毫無顧忌，大塊大塊地往外翻，隨著天色漸黑，很快地，整個噩盡島上面覆蓋了一層黃褐色、不斷鼓動的土壤，而且開始擴大這個島嶼的範圍。

部隊當然不會看著妖怪放肆，很快就有飛機帶著炸彈飛過，眼看著畫面一閃，數秒後島中央炸出了一個巨大坳坑，但眾人還沒來得及歡呼，那坳坑中又開始翻翻滾滾地不斷擠出泥土，而且周圍還在不斷地擴大。

這次沒用了？泥土妖怪有生命嗎？有弱點嗎？那泥土妖怪會變得多大？總不會一直沒完沒了地往外擠出去吧？

這時衛星攝影機的取景範圍也不斷放大，在漸漸昏黑的海面上，拿著短劍的屠妖者越來越多，似乎因爲船隻一時調派不及，有一大半甚至是懸空浮在海面上，只偶爾交錯落下休息，而這萬餘人同時拿著短劍指著島上凝聚道息，臉上的神情都有些失措。

爲什麼他們還要凝聚？甚至聚集了更多人……不怕這島一直變大嗎？沈洛年心念一轉，突然想通，他們並不是想增加人，而是因爲包圍圈越來越大，不放這麼多人，沒辦法控制住已經集中的道息，若這時凝聚道息的包圍圈失效，整大團道息又如同上次一樣，成一個大波往外衝出，這次不是小浪而是海嘯，震盪引出的妖怪足以讓世界大亂。

泥土本該是沒有生命的物質，什麼樣的武器能對它有作用？這樣擴張下去會怎樣？會出現一個大島嗎？會引起海平面上升嗎？最後這些泥土會掩蓋掉整個地球嗎？

每個人感受到的恐慌，和各自的幻想能力成正比，眾人就這樣擔心地看了二十分鐘，只見那美女主播突然出現，尷尬地說了幾句話，接著畫面一切，出現了廣告。

霎時一堆粗話四面八方一起爆了出來，如果有「最多人同時罵粗話」之世界紀錄的話，也許這是個破紀錄的好時機。

沈洛年當然也不免俗，一樣在人群中罵了聲：「媽的！」這才快步離開，回家看電視。

回到家中，打開電視，這時聽得見解說的聲音，比起在廣場前清楚不少，新聞裡面正猜測著周圍船隻紛紛後撤的理由。

而這時屠妖者不等島嶼變大，有更多人加入，兩萬人圍成一個大人圈，每個相隔約五公尺，一個近百公里長的圓形就這麼在海面上圍了起來，這人圈離島嶼的中央約有十餘公里，遠遠地從上空俯瞰，煞是壯觀。

就在這時，不知哪艘船艦上發射的一枚飛彈，劃過空際對準著島嶼中央射去，倏然間島嶼中央爆出一團橘紅色的火球，一波波不斷地往上升，同時火焰下方的泥土往下急凹，彷彿被打出一片水波般地往外爆散，隨著那股圓滾滾的火雲往上飄，島嶼中央凹了一個大洞，被炸開的泥土翻入周圍海水內，又把島嶼面積增大了半分。

這是某種新型的核彈嗎，卻不知道有沒有輻射線？沈洛年雖然從很多影片中見識過所謂的蕈狀雲，但剛剛電視中出現的火雲似乎又頗有不同，畢竟科技日新月異，新式武器具有什麼樣的威力，一般人實在不大清楚。

如果這種武器也殺不死泥土妖怪的話，那該怎辦？現在不知多少人和沈洛年一樣，正盯著電視螢幕等待結果，台灣這兒雖日正當中，那兒卻天色已黑漸漸看不清楚，周圍直升機和船艦距離也遠，那衛星攝影機只能讓大家隱隱看到島嶼上的大概形貌，並不能看得十分眞切。

過了一段時間，主播忍不住嘆了一口氣，卻是那大坳坑中又開始湧出了泥土，而周圍那有如火山口一般的泥山，也再度開始緩緩地蠕動，沈洛年忍不住跟著嘆了一口氣，靠著沙發椅背發愣。

自己似乎遇過這種怪物？沈洛年突然想起，第一次和奇雅、瑪蓮見面的場景，當時那果凍妖怪也是打不死切不爛，和這泥土妖怪頗有類似的地方，不過奇雅是用外炁把果凍妖怪壓扁擠出水分，這大團泥土該怎麼對付？

「緊急報導！」電視台的主播突然緊張地說：「我們接到最新的消息，爲避免黃泥妖怪無止盡地擴張，聯合部隊決定，將在半小時後暫停聚集道息的動作，因爲這個舉動可能會產生道息外湧，世界各地都可能會受到影響，現在各國都已經調派軍警應變！請民眾盡量留在家裡或安全的地方，注意不要駕駛交通工具，不要駕駛交通工具！」

終於決定放棄了嗎？沈洛年看著電視，心中有點沉重。

「台灣各地軍警部隊也都開始動作了。」主播又說：「據說聯合部隊等周圍屠妖者撤離之後，將從四面八方同時以大量武器攻擊這黃泥妖怪，相信有機會將之擊斃，至於道息震盪若產生太多妖怪該怎麼處理，部隊發言人並沒有表示看法。」

四面八方一起攻擊嗎？若威力夠大，說不定眞能擊散這妖怪的妖炁……不過那倒不是現在的重點了，那泥巴怪再會長，短時間也不過就那麼大，現在的燃眉之急是不久後就會出現的道息震盪。

雖然那兒是太平洋的中心，離大多數人類居住的地區有一段距離，但既然匯集的道息量夠多，衝出去的能量想必也大，傳得就會更遠，上次是東亞到處出現小妖怪，若是這次全世界都出現，那可眞是麻煩大了，更別提附近的夏威夷、馬紹爾群島……

沈洛年這一瞬間突然有三分後悔，自己若也在噩盡島，當能更清楚那兒道息產生了什麼變化，說不定能給些建議……可是別人也不會相信自己能體會到道息吧？去了大概也是白去。

半個小時的時間很快就過去了，眼看著畫面上那些屠妖者在領導者指揮下，一組一組慢慢收回手中的短劍。

也許是希望能藉著分批放下，降低道息外散產生的衝擊，不過這也只是聊盡人事，畢竟以外炁施法聚集道息，本是一種不自然的舉動，只要產生一個缺口，該會像洪水決堤，想慢也慢不起來，而且首當其衝的正是第一個放下的方位……

沈洛年一面看，一面聚精會神感應著，但奇異的是，直到最後一位放下短劍，他並沒感受到周圍道息有什麼變化，就像前幾天一般，周圍的道息依然緩緩地向著東方流去，頂多比剛剛稍慢了一絲絲。

莫非那種收劍法，還眞的有效？而既然沒人引炁了，爲什麼還在流動著？莫非這些都是計畫好的？沈洛年對這些妖怪知識畢竟也是半懂不懂，眼見出現的竟然是好結果，不禁有點佩服那些總門中人。

這時鏡頭一轉，帶到了台北街頭，本來熱鬧人多的市區，這時成了一片死城，人人都躲在屋裡，大街上只有在各點駐守的軍警，連記者也躲在部隊旁。

此時全世界都在等著妖怪出現，但時間一分一秒過去，卻沒發現所謂的妖怪，這時鏡頭轉回噩盡島，畫面上正好出現好幾顆拖著火焰尾巴的飛彈，分從四面八方、不同角度，對著那還在不斷膨脹的泥土妖怪飛射。

緊跟著大片焰光一團團冒起，紅、橙、黃好幾朵不同顏色的蕈狀雲彼此推擠融合升高，彷佛一個正在長大的火焰花椰菜。

這時播報員也在努力地解釋，據說選擇這方式，而不用一顆高噸數的強力炸彈，主要是爲了追求各角度全面性的破壞云云……

隨著光焰消失，那大片黃土果然被炸得悽慘、創孔處處，島嶼不復原來的模樣，過了好片刻，一點動靜都沒有。

成了嗎？沈洛年看著電視等待著，過了不知多久，窗外遙遠處突然傳來一聲歡呼般的大喊，跟著一聲聲歡呼嚷了起來，鏡頭也轉到部隊開始歡笑慶功的模樣。主播更是扯著喉嚨開始興奮地嚷：「人類終於擊敗了看似無法毀滅的黃泥妖！本來預計會出現在世界各地的妖怪也沒出現，據估計，可能道息已恰到好處地耗用完畢，所以沒產生道息震盪，各位觀眾，可能短時間內，我們不用再擔心妖怪出現了！」

是這樣嗎？沈洛年卻不以爲然，他感覺得很清楚，明明周圍還是有道息正流動著，雖然似乎比過去少了些，但絕對不是沒有，若播報員的說法是從那些部隊中傳出的，肯定是錯的。

嘖！肚子餓了，差點忘了還沒吃午餐，沈洛年起身往廚房走，這幾日泡麵、水餃都已經吃膩，他想了想，從冰箱拿出幾片吐司、火腿，準備吃點簡便的三明治。

一面等吐司烤熱，沈洛年一面靠著廚房門口看電視新聞，只聽那主播滿臉興奮地嚷叫著，畫面上更不斷切換著世界各地的慶祝場景，遠處似乎還有人點燃鞭炮慶祝，看著大家歡喜的模樣，沈洛年嘴角也露出一抹微笑，不管他們有沒有判斷錯誤，至少最後結果不錯——妖怪殺死了、也沒產生道息震盪，最重要的是有效減少了部分道息，看這狀態，要再出現妖怪，至少還要一段時間，而到時候只要再用一樣的方式，也有機會解決。

那臭狐狸跑哪裡去了？看到她真得好好取笑一下，居然說人類一定打不過，她如果真有去湊熱鬧的話就最好了，讓她見識一下什麼叫作炸彈威力，看以後還敢不敢看不起人類。

想著想著，麵包從烤麵包機中跳了起來，沈洛年正準備塗抹奶油，這時突然聽到電視傳來一陣驚呼，接著本來滔滔不絕說個不休的主播，突然安靜下來，沈洛年有點意外，拿著奶油刀和麵包往廚房外探頭，想看清楚發生了什麼事。

畫面上仍是各地的慶祝景象，唯一缺少的就是主播的聒噪聲音，沈洛年看了看，想想又回去繼續料理，但在這時候，卻聽到新聞中傳來主播那熟悉的做作聲音：「各位觀眾，我們收到了最新的消息，噩盡島又開始活動了——嗎？」

「嗎」什麼？這些混蛋記者又來不清不楚那套了！是在播報新聞還是在說書啊？沈洛年心裡暗罵，快手快腳地夾上火腿，一面咬一面走出廚房，卻見這時畫面又定格在那悽慘的噩盡島，不過因夜色已深，除了看得出島嶼上有好幾個巨大泥窪之外，實在看不出有什麼變化，只聽主播接著說：「我們還不很清楚到底是怎麼了……聯合部隊現在並沒有很明確的答覆，據說有人觀測到噩盡島上的泥塊還在動作，但……是的，我們已經找出了證據！」

主播突然一改口氣說：「請看這兩個畫面，分別是十分鐘前和現在的衛星影像，請注意我們在中間圈起來的部分，是不是多了一塊隆起呢？」

好像眞有呢？沈洛年正遲疑，突然畫面一切，再度出現了噩盡島的全圖，這時不用人分析，就算在暗影之中仍看得清楚，那大片島嶼又開始蠕動了起來，翻翻滾滾的泥土，沒完沒了地不斷往外滾，而且膨脹的速度比之前還快，有如不會停止的噩夢，彷彿正嘲笑著「噩盡」這個名稱一般。

沈洛年不禁倒抽一口涼氣。看來妖怪……果眞不是這麼好對付的……

ISLAND

武器無用

＊

十三日後，二月二十八日的夜間，稍扁的圓月懸在空中，天上群星和地上燈火相互輝映，沈洛年站在自家大門外，位於五樓的空蕩蕩陽台，正往上望著天空。

明天，三月一日，將是下學期註冊與開學的日子，今天正是寒假的最後一天。

上方月亮仍圓，是因爲元宵節剛過了兩日，今日農曆正月十七，再過幾個小時，就是十八日了，但奇怪的是——這次月圓，懷眞一直沒出現。

上次拖到十七日傍晚已經是特例中的特例，而且是因爲那件「不會髒」的寶衣才晚歸，今晚若是還不出現，就比上次還慢了。

沈洛年望著夜空中的浮雲，站了半個多小時，見浮雲依舊只是浮雲，懷眞始終不見蹤影，他終於轉身回到屋中，坐在沙發前打開電視，隨手轉動著不同的頻道。

這時電話突然響起，沈洛年本就坐在電話旁邊，他馬上關上電視，另一手接起了電話。

「是洛年嗎？」電話中傳來不算太熟悉、卻也並不陌生的嬌柔嗓音，沈洛年微微一愣說：「妳……巧雯姊？」

「沒想到你還認得我的聲音。」劉巧雯的聲音中，帶著一點凝重味道，她停了幾秒才說：「噩盡島這兒的事情，你有留意嗎？」

「知道一點，我偶爾會看新聞。」沈洛年說。

「嗯……我聽瑋珊說過，你不願意來。」劉巧雯說：「我可以體會，你既然並未引炁，來這確實比較危險，但是……」

沈洛年插口說：「瑋珊他們呢？」

「我就是想跟你提這件事……」劉巧雯遲疑了一下說：「他們已經兩天沒消息了。」

沈洛年一聽，眉頭馬上皺了起來，他從新聞中知道那兒已經失陷很多人，卻沒想到葉瑋珊等人也是其中之一，過了幾秒，沈洛年才說：「瑋珊那組都練了四炁訣，怎會撤不出來？」

「也許是因為……練了四炁訣的小組，都被派到比較深入的地方去。」劉巧雯說：「至於有沒有其他原因，我們就不知道了，島裡面無法通訊，聯絡不了。」

「那他們……」沈洛年吸了一口氣，緩緩說：「這些沒撤出來的人，怎麼辦？」

「從衛星影像中可以發現，很多地方還在戰鬥。」劉巧雯迅速地說：「一定有人還活著，瑋珊他們的隊伍實力很堅強，存活的機會極大，應該是受困在某個地方，我們正準備派戰力強大的小組進去搜救，但是……」

見劉巧雯停了下來，沈洛年接口說：「但是什麼？」

「但是他們既然滯留在島內，為了避免被妖怪圍攻，應該都收斂了炁息躲藏，營救部隊也不易找到他們。」劉巧雯接著說：「我想，只有你有機會察覺他們的蹤跡……」

說到這兒，劉巧雯停了下來，等了幾秒，卻沒聽到沈洛年開口，她終於直接問：「我們現在很需要借重你感應妖炁、炁息的能力……你願意來嗎？」

沈洛年又停了兩秒，這才說：「好，我去。」

「啊？」劉巧雯驚喜地說：「眞的嗎？」

「嗯。」沈洛年說：「怎麼過去比較好？」

「我馬上處理。」劉巧雯的音調突然高昂起來，迅速地說：「你先整理幾件隨身物品，不用太多，這兒什麼都不缺，還有制服分發。我安排好就馬上打電話給你，該可以讓你明天早上出發。」

「好。」

「對了。」劉巧雯加了一句：「別帶任何電子、電器產品。」

「哦？怎麼了？」沈洛年有點意外，這句話是什麼意思？

「來了再解釋。」劉巧雯迅速明快地說：「台灣時間已經挺晚，我先去聯繫，有時間再說。」

「嗯，再見。」

掛上電話，沈洛年摸了摸綁在右小腿的匕首，又看了一下束在左腕的血飲袍，他走回房

間，開始收拾行李。

□

第二天清晨，懷眞還是沒出現，沈洛年發封簡訊通知叔叔沈商山之後，搭上首班飛機飛往香港，因爲這天台灣並沒有直飛檀香山的航次，所以他得去香港轉機，這一路上軍方還派了個軍官隨行指引，以免沈洛年因不熟悉通關作業而出問題。

因爲有官方協助，加上沈洛年持有道武門人特殊證件和臨時護照，一路上都是以特殊的身分通關，連那一大箱煙霧彈，也得以順利放行。

不過雖說是快速通關、未仔細受檢，還是得經過金屬探測器，但沈洛年直到飛機起飛，才想起自己因帶慣了金犀匕，根本忘了取下，那時探測器卻沒反應，看來這東西果然不是金屬。

想了想，放在小腿處畢竟不方便，沈洛年閒著沒事，就在飛機上，把金犀匕改掛上腰帶，只用外套罩著。

十幾個小時後，飛機到了檀香山，那兒幾乎已經變成半個戰場，效率挺高，沈洛年剛下飛機，一個會說中文的軍官已在機場等候，而他的兩箱行李也馬上被搬入一台重型運輸直升機中，沈洛年也沒時間多呼吸兩口檀香山的空氣，和台灣派來隨行的軍官告別後，旋即搭上直升機離去。

又飛了一個多小時，直升機終於降落在一艘航空母艦的大片甲板上，機艙門一打開，沈洛年就看到換上海軍裙裝制服的劉巧雯，俏立在甲板上等候。

她穿哪個國家的軍服啊？沈洛年疑惑地看過去，見上面國籍、階級之類的辨識符號、徽章都從缺，沈洛年對各國的衣服又沒研究，自然看不出脫胎自什麼國度。

沈洛年剛跳下直升機，劉巧雯已迅速走近，露出笑容大聲說：「洛年，一路辛苦了。」

沈洛年懶得跟轟轟轟的螺旋槳比大聲，只對劉巧雯點了點頭，回頭接下兩箱行李，一面四面望，見朝陽正從東邊的海面往上爬，看來這兒才剛清晨，沈洛年不禁有點不適應，離開台灣的時候是早上八點，花了十幾個小時到了這兒，怎麼反而更早了些？

南面那片陸地……就是噩盡島吧？沈洛年看了兩眼，再望望周圍的環境、空間，輕噫了一聲，似乎有點訝異。

「行李交給這兩位，我帶你先去作簡報。」劉巧雯身旁兩個年輕的士兵往前走，對著沈洛年迅速行了一禮，伸手把東西接了過去，這時劉巧雯已經點地微飄，往遠處船上某個門戶掠，

沈洛年也不多說，直接跟在後面奔行，雖然腳步沉重了一些，但也不算太慢。

劉巧雯帶著沈洛年往甲板下轉，走過一條窄小走道，進入間中型簡報室，她關上門走到前方，打開投影機，一面收起笑容對沈洛年說：「請坐。你也許從電視上知道了一些狀況，但新聞媒體也只是道聽塗說，我從頭簡略地說一遍，你如果有問題，等聽完一起問。」

「等等。」沈洛年卻一開頭就打岔說：「什麼時候出發？」

「一小時後。」劉巧雯倒不生氣，和氣地說：「營救隊伍已經選好了，都是總門的高手，他們的首要任務是保護你，其次才是救人，你可以安心。」

沈洛年倒不知道該不該安心，他隨便找了個位子坐下，等劉巧雯說話。

劉巧雯當即按下按鈕，對面的白色布幕馬上出現滿是黃泥的噩盡島照片，劉巧雯一面說：「二月十四日晚間，媒體稱爲黃泥妖的土狀妖怪出現，這件事你知道嗎？」

見沈洛年點了點頭，劉巧雯接著說：「之後黃泥妖怪如等比級數般地倍增成長，數日內脹成一片百公里寬的圓形黃色島嶼，這段時間，部隊也試射過數次大小炸彈，但隨著土地面積越來越大，土炸開了還是土，誰也搞不清楚到底有沒有對妖怪造成傷害。」

這些消息沈洛年很清楚，那時不少人以爲世界末日會隨黃泥淹沒全世界而出現，地球上那幾日到處都是亂象，還好這狀況並沒太久……

「到了第七日，不知爲什麼，黃泥突然停止擴展，不再增加，甚至連原本龐大的妖炁都消失了。」劉巧雯切換著衛星照片，接著說：「只留下一片毫無生氣的泥岩島嶼……我們正迷惑的時候，突然這大片土地上又冒出了無數形形色色的植物型妖怪，不到兩天的時間，黃土變成綠地，爬滿了這個比過去大上數百倍的噩盡島。」

看著畫面上那一片黃泥，突然變成充滿詭異的綠意，確實讓人有點正作著噩夢的感覺。

「植物擴張的速度較慢，這次部隊謹愼了些，不敢隨意攻擊，想等看看結果，果然兩天之後，植物的擴張又停下了，妖炁再度消失，不過這些失去妖炁的奇形怪狀植物，卻開始在這片黃土上繁殖生長，一面不斷地變化。」劉巧雯再度切換畫面，島嶼上的植物比前一張更顯複雜多樣。

「又過一日，島上再度出現濃烈的妖氛，在高空攝影機的捕捉下，我們發現叢林中出現許多妖物的身影，隨著妖物越來越多，我們決定繼續攻擊。」劉巧雯頓了頓才說：「這時我們才發現……大部分武器幾乎都已經失去作用。」

「什麼？」沈洛年本來一直靜靜聽著，這時終於忍不住問了一句：「所以才派部隊進去？」這也是他這幾日一直搞不清楚的問題，原來是不能用武器遠攻，所以才開始派人進去。

「沒錯。」劉巧雯又換了一張投影片，那是一張電腦繪圖，在島嶼模型周邊顯示了個彷彿防護罩般的扁圓色圈，劉巧雯說：「根據多次的測試判斷，這島嶼周圍沿岸一公里內，八百公尺以下，似乎是個特殊的環境……所有會用到電的東西都會毀壞，就算不啓用，裡面有電池也不行，所有高科技炸彈、武器，具備指向、瞄準、修正功能的飛彈，統統無法使用。」

難怪叫自己別帶電器用品來……沈洛年遲疑了一下說：「沒有其他武器可以攻擊嗎？」

「我們之後嘗試著用不需要電路控制的簡單型炸彈，從高空拋射。」劉巧雯說：「但是只要一定威力以上的炸彈，在進入這個區域的瞬間就會自動引爆，不管是黑色火藥、塑膠炸藥、汽油彈甚至飛彈燃料，只要聚集足夠的分量，不用引信、撞擊或加熱，就會自動爆炸，根本無法接近島嶼。」

這麼說，人類的武器幾乎都沒用了？這就是懷眞當時的意思嗎？但似乎比她說的時間還早了些？

「不知是幸還是不幸，和電不同，少量的火藥可以進入這個空間，所以手槍、自動步槍等武器還可以使用，威力最強的是小型火箭筒用的榴彈砲……」劉巧雯緩緩說：「但你應該也知道，這種火力對稍強的妖怪是無用的。」

「嗯。」沈洛年點頭，暗自慶幸，看來煙霧彈還能用。

「從衛星可以看出，植物妖怪停止快速生長後，這島嶼中活動著的妖怪數量正逐漸增加。

於是三日前，我們派了五千名變體引炁者，分成幾百個小隊，從島嶼各方向分頭往內探，打算稍微探查一下裡面的狀態，一方面也可以清除一些妖怪。」劉巧雯表情凝重，停了幾秒之後說：「但兩日後，也就是昨天，只退回來一半的部隊……損失十分慘重，裡面的妖怪，有些似不弱於上次應付過的狼妖。」

葉瑋珊他們就是在這次攻擊中失陷？沈洛年看著螢幕上的噩盡島，微微皺起眉頭。

劉巧雯看了沈洛年一眼，見他似乎沒打算開口，又接著說：「裡面陷落了數千人，估計該還有人活著，現在正計畫救人……也就是我找你來的原因。」

「不管人能不能救出來，這島以後該怎麼辦？」沈洛年說。

「要想出解決辦法之前，得先推測出發生這種事的原因。」劉巧雯皺起眉頭說：「一個合理的推測是……那個武器無效圈之內，聚集了大量道息，才會產生這樣的變化，島嶼上也才會出現強大的妖怪，至於爲什麼會這樣，我們還不知道。」

劉巧雯頓了頓又說：「可能和一開始數千人聚集道息有關，說不定某種我們不明白的機制，隨著這動作而啓動了。」

不只是聚集大量的道息，而是幾乎全部都集中到這兒來了……沈洛年可以感受到，那島嶼周圍瀰漫著從未見過的道息濃度，而且還從四面八方不斷地集中湧入，看來全世界的道息都被引了過來，難怪會出現強大妖怪。

而這些聚集的道息，進入島嶼的範圍之後，似乎仍往中央的方向凝聚，如果這樣的話，越裡面的妖怪，應該會越強大吧？

沈洛年想了想，回神問：「瑋珊他們是六人一起失陷嗎？」

「白宗派出的那組共十人，有瑋珊的小組，再加上宗長夫妻和瑪蓮、奇雅四人。」劉巧雯遲疑了一下，突然苦笑說：「你記住一件事情，如果見到了他們，別說是我找你，就說別人找你來的，或者說你自己想來。」

這話沈洛年可有點意外了，看著劉巧雯皺眉說：「為什麼？」

「你這樣說就是了……」劉巧雯頓了頓，看著沈洛年嘆口氣說：「白宗除了那十個人以外，其他人都隨我退出宗派了。」

沈洛年一呆，訝異地看著劉巧雯，知道她不是說笑，但那種複雜的情緒又是代表著什麼意思？這女人，自己從來就看不懂她在想什麼。

「我們現在屬於總門的組織。」劉巧雯又說：「已經不算白宗的一分子。」

這就叫背叛嗎？不過就算背叛也是她的自由，沈洛年並不很在意，想了想說：「那幹嘛還關心他們死活？」

劉巧雯沒想到沈洛年知道後，冒出的居然是這句話，她一怔之後，苦笑了笑說：「你也不是只能救他們啊，每個受困的人你都可以幫上忙，而且……我們的最原始目的是除妖，有你在的話，幫助也很大。」

殺妖嗎？這不是沈洛年的本來目的，但現在若想救人，似乎也沒別的選擇，沈洛年不再多問，點頭說：「我想盡快出發。」

「不差這幾分鐘，船隻的安排也需要時間。」劉巧雯看著空手的沈洛年說：「需要幫你準備什麼武器嗎？」

「不用。」沈洛年說：「我從行李裡面拿幾顆煙霧彈就好了。」

「嗯。」劉巧雯往門口走說：「我帶你去房間換制服、拿行李，之後就準備出發。」

「換制服？」沈洛年一面跟出去，一面皺眉。

「擔心可能會有人形妖怪，爲避免辨認困難，所以上岸的隊伍都準備了統一的迷彩軍服。」劉巧雯一面走一面說：「雖說已經有人失陷在島上，但妖怪未必會拿人類衣服來穿，還是換上比較好。」

這也有道理，沈洛年不再多說，隨著劉巧雯快步移動。

□

半個小時後，沈洛年換上迷彩服，揹個中型背囊，隨著三百名總門部隊，浩浩蕩蕩地乘著數十艘大型橡皮救生艇，向噩盡島接近。

沈洛年剛知道這次隊伍足有三百人的時候，可眞是嚇了一大跳，這種編隊方式，據說是爲避免犯下之前的錯誤；之前雖派數千人入島，卻是十數人一組地分成許多小隊各自探勘，當時沒想到島上妖怪已如此強大，而妖怪與人類都隱藏炁息時，某些妖怪本身聽覺、嗅覺又強於人類，直到人類部隊散開後才暴起突襲，眾人猝不及防下，自是損失慘重。

所以這次的三百人，不只都是精銳，也不打算分開，其中還特別安派二十名男女負責保衛沈洛年。這二十個人中，看來年紀最長的是個五十歲左右、皮膚黝黑、有著一對銅鈴眼的長者，他留著蓬鬆帶鬈還有點亂的長髮，往後束成硬梆梆一大把，後面看過去有點像竹掃把。

這長者名叫平杰，是紅宗宗長，說話帶著點異邦的捲舌音，似乎中文並不是他們的母語，劉巧雯介紹的時候，老者自稱來自雲南，屬於兼修派的一個分支，這二十人中，連他在內，共有十四名紅宗男性高手，也都是黝黑粗矮、頭髮帶鬈、身材結實，不似一般黃種人。

他們的武器和李宗、何宗都不同，是一種比前臂略長的小型彎刀，刀鞘上滿滿鑲上各種不同顏色的寶石，拼出簡單又有特色的圖形，而爲了讓炁息暢通而不能多作裝飾的刀把，和那貴氣刀鞘連在一起時，看來頗不協調。

另外六名女子，則自稱符宗，也來自雲南，不過和紅宗似乎沒有特別的交情。

她們年紀從二十到四十不等，一個個膚色白皙、眉目如畫，總是帶著溫柔的微笑，但又沒有那種做作的媚態，雖然稱不上美艷，卻看來十分和氣可親，不知爲了什麼，她們將那有點寬長的迷彩服袖子一直捲到肩膀，露出的圓潤皎白手臂十分惹眼。

這二十人加上沈洛年，算是一個小組，在同一艘船上前進，船上有男有女，沈洛年自然比較常打量那些符宗女子。不過和過去欣賞身材曲線的看法不同，現在沈洛年看的是心底的情緒，這六個女子不知爲什麼，似乎總是十分開心，充滿歡樂的氣息，這是一種讓人看得挺舒服的氣味，但在駛向噩盡島之前還是這種情緒，可就有點少見。沈洛年若不是心中有事，還眞會多看幾眼。

說到年紀，沈洛年已經知道，變體引炁後，老化速度會比常人慢些，外觀常比實際年輕，如果再加上化妝和保養，那實在是很難分辨，比如只像個二十多歲大姊的白玄藍，其實已經四十上下，這些女子看來年輕，實際年紀多少其實挺難說；不過這些女子看起來倒是都一臉素淨，似乎沒有化妝保養的習慣，皮膚的白皙看來也是天生的。

至於那十四名男子，就沒什麼好看的了，除平杰因重任在身，心情稍沉重外，其他人似乎都挺單純，沒什麼特別情緒，也不怎麼煩惱擔憂，還不時看看那幾名女子，露出開心的笑容。

沒多久，數十艘救生艇，在各船藉外炁推送下，以很快的速度，抵達數公里外的噩盡島。一般海島，沿岸若非沙岸，就是礁岩，這兒卻是古怪的黃色泥土，不過這些被海水浸泡、拍打的泥土，似乎正逐漸硬化，也許久而久之，也會變成似岩石的質地，這幾日大變突起，看來還沒人有空研究這古怪的泥土，未來到底會怎麼變化，誰也不清楚。

上岸固定好船隻後，這三百餘人的部隊首領派人過來，把沈洛年這組請了過去。

隊伍的領導人，是個看似四十餘歲的壯漢，他滿面紅光，雙眼炯炯有神，劉巧雯介紹的時候只說他叫段印，是總門中的高手，其他什麼都沒多說，沈洛年這時走近，卻見段印手上竟拿著一把長柄朴刀，莫非他也是少見的專修派？

朴刀和吳配睿的大刀很像，也是長柄兵器，不過吳配睿的大刀，刀身寬厚沉實作偃月造型，刃口和棍端成一線，刃背有鋸帶勾刺，又稱關刀或偃月刀；朴刀窄長的刀刃部分卻比大刀長上一倍，刃身微往後彎，也可以拆下後方的棍身，當雙手大刀使用。

段印眼看沈洛年走近，淡淡地說：「小子，該你表現了。」言談間，一股懷疑的氣味透了出來。

一旁一個青年走近，遞過一張包著簡化地形圖的透明塑膠夾，微笑說：「這是這附近的地圖，麻煩了。」

出發前沈洛年已經知道計畫，當下也不遲疑，接過塑膠夾，拿著水性白板筆，在那標示著Ｆ１的地圖上，點出他感受到的東西。

因爲這兒不能使用ＧＰＳ定位系統，劉巧雯根據過去的經驗，把這島分成五十幾張空照地形圖，每張圖大約是十二公里正方，讓沈洛年便於記錄。

沈洛年正在標點，突然地面一陣輕微搖晃，沈洛年微微一怔，抬起頭，那青年見狀解釋說：「這兒突然多了一個大島嶼，地質結構不大穩定，常有地震，一下就好了。」

沈洛年點點頭，不再分心，很快地標了點，把透明夾遞了過去，段印接過一看，望了沈洛年一眼說：「沒有人？」之前已經約好，妖怪標圓點，人類標三角形，沈洛年遞來的這地圖上到處都是圓點，沒半個三角形。

「沒有。」沈洛年搖了搖頭。

段印看看地圖，又看看前方說：「這森林邊緣就藏著五隻嗎？莫非是來歡迎咱們的，第一隊，正前方三十公尺，第二隊、第三隊，從左右繞過去。」

只見一個三十人小隊，拔出武器散開飛掠，對著森林接近，還沒撲到森林，五條白色柱狀物突然迅疾地從林中穿出，對著最前面的數人急射。

首當其衝的數人避之不及，半空中一凝劍，一股外炁往外爆出，硬生生將柱狀物打偏，那幾人也被這股力道迫得落下地面，退了幾步，而那柱狀物倏然一收，有如電閃般地又收回了森林，誰也沒能看清楚那是什麼東西。

不過其他人可沒停下，依然繼續往林中飛射，而那白色長柱收了又放，又對著最近的人攻擊，將首當其衝的人迫退，這般來來回回的，逼得隊伍無法欺近。

這時另外兩隊已經從左右繞來，三方陣勢一定，第一小隊隊長一聲令下，周圍九十人同時叱喝一聲，九十道銳利的劍炁同時穿出，對著那大片草叢射去。

隨著草葉炸散，落葉紛飛，五隻綠色的巨大三足蛙出現在眾人眼前，那有如電閃的白色柱狀物，原來是牠們的舌頭，剛剛被那柱狀物攻擊過的人心中不由得一驚，暗自慶幸沒被那舌頭纏上，否則下一瞬間八成就得被捲入那大口中去。

眾人心中有了提防，自然不敢接近，遠遠以劍炁遙攻，巨蛙似乎不知道該怎麼應付，除了四面亂吐舌頭之外，就這麼呆愣愣挨打。

這周圍可是九十道劍炁不斷飛射，只不過幾秒鐘的時間，這些巨蛙已經渾身是傷，眼看不對，其中一隻突然後足一蹬，往森林裡面急急蹦去，其他幾隻也沒慢上半秒，跟著轉身逃命。

沈洛年看了有點吃驚，剛剛本覺得那五隻妖物不弱，沒想到這些還沒練過炁訣的新兵，居然打跑了牠們？雖然說人多勢眾，不過能打穿那些妖蛙的護體妖炁，可也不簡單，仔細一看，這些人的炁息似乎都不少……但沈洛年一轉念，突然明白，這兒道息濃度較高，不只妖怪的妖炁會提昇，連修煉炁功的人類能力也會增加，剛剛那五隻妖怪若放在島外，可能只比融合妖強上一些，也難怪不難對付。

「眞有？」段印似乎這時才信了沈洛年有那能力，他詫異地瞄了沈洛年一眼，回頭下指令：「別追，這次目的是救人；部隊整隊，跟著我往南面Ｆ２區域前進，動作快。」當下部隊馬上整隊移動，一隊隊地往前彈掠。

自己可跑不了這麼快啊，沈洛年正感頭疼，符宗一名看來年近四十的女子突然湊近，一笑說：「我們帶你走夠。」接著她玉手一揮，一引外炁，托起沈洛年往前。

這女子叫作馮鴦，似乎是這六名女子的首領，她們說話也有種特殊的口音，那是一種軟綿綿的鼻音，帶著點哼吟歌曲的味道。

沈洛年感受著六名女子的外炁，不禁微微一驚，這六人可不是兼修派的，似乎都是專修派發散型的高手，原來這宗派不只都是女子，還只收發散型？這可有點稀奇。

只見六名女子圍著沈洛年成一圈，那十四名男子在外面又是一圈，彷彿一朵飛起來的花朵，跟著搜救部隊飄入森林。

這兒雖說是森林，但其實也不大像森林，原來這兒植物又多又高大，卻都不似樹木，反而像是奇形怪狀且巨大的草、菇、藤、蕨、花等生物，似乎都沒有木質的部分，但話說回來，那看來不像樹木的綠色莖幹其實也是又大又粗，既然能支撐這些植物巨大的身軀，想必也挺結實，未必不如木頭。而這兒除妖怪和古怪巨大的植物外，也沒有別的生物，自然也沒有一般森林中的蟲鳴鳥語，整座島嶼十分沉靜，耳中能聽到的，只有部隊的移動聲音與遠方傳來的海浪聲，彷彿整個森林都是假造的一般。

隊伍前端，照著沈洛年的標示，盡量繞過妖怪，一路按照計畫往東南方繞行，因爲搜救部隊只有這一隊，務必要在最短時間內將整個噩盡島巡過一次，能夠不和妖怪衝突是比較好的選擇。

而部隊每到一個新地圖區，就會稍微停下，讓沈洛年標示地圖，沈洛年一面標一面暗暗佩服，不知道他們怎麼辨認己身位置的？這些人似乎原本大都是軍人，也許學過這些分辨方位的學問吧？自己一到森林裡面，可就完全失去方向感了。

按估計，越裡面的妖怪可能越強，所以搜尋的動作，是由外而內的繞圈搜尋，先從最安全、撤出最快的地方搜起，過了三個地圖區，前進到一半的時候，領頭指路的青年突然停了下來，回頭對段印說了幾句話。

段印隨即下了指示，又是三隊人馬往外殺了出去。

原來準備經過的方位，前方分布的妖怪過多，繞遠路又要多費時間，段印權衡之後，派出部隊，準備清掉幾隻擋路的妖怪。

外圍的妖怪果然稱不上強悍，加上總是一下近百人衝上去，妖怪不吃眼前虧，捱了幾下就會往外逃命，倒也不怎麼費時。幾次之後，段印選擇的路線，可就更筆直了些，有些妖怪見人類勢大，更是先一步避開，不想和人類衝突。

就這麼看似順利地走著，突然間天色一暗，眾人紛紛抬頭仰望，卻見巨大草葉的縫隙中，一層厚重烏雲，不知道什麼時候已經出現在頭上。

才不過三秒鐘，嘩啦啦一大片驟雨灑了下來，眾人一怔間，段印皺眉下令說：「躲雨。」

馮鴦等人早已帶著沈洛年選了片大草葉躲避，還好這詭異森林和正常森林不大一樣，大片的草葉花朵到處都是，不難找避雨的場所。

隨著天上一盆盆的大雨往下傾倒，很快地，潮濕的地面變成泥漿，地面上到處都是流動的水灘。

在這樣的大雨中，連說話都有些費力，每個人沉默地看著眼前的大片雨簾，誰也沒說話，突然沈洛年發現，那幾個符宗女子，彼此交頭接耳的看著不遠處一小群七、八名青年士兵猛笑，引得那些人也跟著笑了起來，有幾個調皮的已經開始對這幾個女子擠眉弄眼地扮鬼臉。

那種氣氛，不像在調情啊，幹嘛惹得那些男人都注意著她們？更奇怪的是，那些男子的感覺也不具性意味，似乎是看著可愛的小女孩，正想逗她們發笑……一般男人看到這些面貌體態姣好的女子，興起的通常是慾念吧？莫非這些女子和一般女人有點不同？沈洛年不禁疑惑地看了身旁符宗女子兩眼。

馮鴦留意到沈洛年的神色，湊到沈洛年耳畔說：「洛年小弟，你仔細看對面那些人喔。」

「怎麼？」沈洛年疑惑地問。

「他們應該是第一次進來，你看他們上面。」馮鴦一面說一面輕笑。

沈洛年抬頭往上，見他們藉著一朵龐大的花朵躲雨，也看不出有什麼不妥的，卻聽聽馮鴦低聲說：「就快了。」

什麼快了？沈洛年正想問，卻見那花朵突然一翻，竟是承受不了雨水的重量，突然往下垂，只見一大片水隨著雨水轟落下來，那七、八個青年霎時變成落湯雞，渾身沒一處乾的。

見那群男子驚慌地四面跳，符宗女子終於忍不住笑成一團，那些男子愣了愣，也不禁傻傻地笑了出來。

馮鳶扶著沈洛年肩膀，笑著喘氣說：「記住了，下雨可不能躲到花下面去。」沈洛年不禁莞爾，搖頭說：「妳們也躲過嗎？不然怎麼知道。」

「對啊。」馮鳶倒不介意，笑著說：「前天我們全都濕透了，就是躲在花下面。」她們眞的很樂觀開心，不知道是在什麼樣的環境生長的？既然已經搭上了話，沈洛年順口說：「妳們符宗只有這六人嗎？」

「來的只有六個。」馮鳶笑了笑說：「我們只有一種方式流傳，不像你們這麼多花樣。我可什麼花樣都沒有，沈洛年搖搖頭說：「就是只收發散型的人？修煉專修派的心訣？」馮鳶搖頭笑說：「我不明白你們這些說法，我們酖族的語言是『卡顚多打』，意思就是『女巫的資格』，有資格的才能當酖族女巫。」

「酖族……女巫？」沈洛年吃了一驚。

「對啊，我們都是女巫。」馮鳶微微皺眉，不解地說：「不是巫女喔，不知道爲什麼，出來之後，很多人都會搞錯，叫成巫女。」

這不知和日本動漫有沒有關係……沈洛年咳了咳說：「女巫是做什麼的？」

「女巫在我們族裡面負責祭神、退妖、治病、占卜……」馮鳶說：「前陣子有人來，要我

們出來幫忙，我們就來囉。」

也許道武門的傳承，在偏遠地區少數民族那兒演變成一種宗教習俗吧？沈洛年也不明瞭，看看身旁其他女子，疑惑地說：「妳們似乎不是同時入門的？」

「我們每十年才收一次女巫啊，一次只收一人。」馮鴦點著其他人說：「先是洪萱，然後洪綠，小珠又晚十年，再來是十年前的小紅，最後是去年選入的小露。」

這麼看過去，果然那個小露看來最年輕，圓圓的臉笑起來也最帶稚氣，雖然長得也不錯，但外貌不是沈洛年現在觀察的重點，讓他留意的是——這些女人不管老少，怎麼都充滿了歡樂的味道？而且十年、十年又十年，這樣算下去，姓馮的阿嬸妳是幾歲了啊？前段時間妖質這麼多，爲什麼不多收幾個人？

算了，人家也許有人家的規矩，沈洛年看了馮鴦兩眼，不再多想，對其他看不出年紀的女子點了點頭，隨口打了個招呼，那些女子也笑咪咪地回禮，但卻沒人開口。

馮鴦笑著又說：「我們女巫的規矩，同時有好幾個女巫在場的時候，只有最年長的女巫可以對外發言，其他人都不可以說話的喔。」

「爲什麼？」沈洛年吃驚地說。

「只是習俗。」馮鴦說：「女巫是祭神的人，對話的對象應該是神靈。」

沈洛年點點頭，不再多問了，道武門傳承了近兩千年，存在著獨特的宗派，也不奇怪。

就這麼等待了半個小時，那片滂沱大雨就像降下時一樣，毫無徵兆地突然止歇，據說這兒每天幾乎都會下一次大雨，之後再下的機會就很小，雖然雨剛停、滿地泥濘，但仍止不住能御炁縱躍的變體者，眾人再度整隊移動，向著其他地區搜去。

到了接近第七個地圖區，也就是將從F４進入G４區時，雖然還沒到要沈洛年該標點的時候，他突然主動說：「有人，十幾個。」

眾人眼睛都是一亮，段印馬上要眾人停下，一面說：「快標。」

「在這兒。」沈洛年拿著G４地圖，從感應到人類炁息的位置開始標起，一面往外標出，一面說：「他們似乎被一群妖怪堵在一個方位……這群妖怪比剛剛的強喔。」

「很多嗎？距離很近嗎？」段印說。

「三……四十個，很近。」沈洛年不是很確定，妖怪距離一近，妖炁互相影響，數量就不容易分辨。

「終於出現群體妖了。」段印比對著衛星圖，回頭下令說：「注意，把炁息收斂起來。」

眾人的炁息紛紛收束，大家都知道這恐怕是第一場硬仗。一般妖怪大多各自爲政，也向少合作，就算群聚生活，遇到事情也大多各逃各的，比如一開始遇到的蛙妖就是如此，除非強弱懸殊，否則只要靠人多擁上去即可，但如果遇到懂得群體生活、互相合作的妖怪，那除了人多的優勢消退之外，還代表對方可能智能較高，更難應付。

「他們應該是被堵在這個山谷坳地裡了，對方也正斂氣搜找著他們，這種不是一般妖怪，是會主動獵殺人類的妖怪，我們必須順便把這群剷除了。」段印看著地形圖說：「既然這小隊沒騰躍出山谷撤退，對方應該也會飛縱……我們分成三團，從這三面入谷，反包圍。」段印指揮妥當後，眾人拿出武器，斂起炁息，無聲地向那山谷奔去。

ISLAND

都是息壞不好

既然要展開大戰，沈洛年這組和段印身邊的小組自然落在最後，那三團分別近百人的隊伍，則分成三面先行。

這時不能點地飄行，更看得出來這些人過去應該多是軍人，行走進退之間自有一套規矩，三支隊伍整齊無聲地就這麼消失在森林之間。

沈洛年感應到的地方，大約還需要走五公里遠，對這些變體完成的人來說，就算不使用炁息，一樣可以在數分鐘之內抵達，但如果還要求安靜，可就又得慢些了，大約過了十五分鐘，前方一群炁息倏然炸起，近百道強大的外發炁勁同時對外爆出。

這彷彿是一個信號，周圍的炁息、妖炁同時澎湃湧出，每一個人都往那個方向集合，沈洛年等人大約慢了一分鐘趕到，只見那兒已經打成一團，數百名穿著迷彩裝的變體者，正圍著四十多個高大的人形妖怪戰鬥。

「鑿齒？」沈洛年一看到對方，忍不住輕呼了一聲，卻是這群人形妖，身高體壯，人人臉上都有兩顆長到下巴的醒目獠牙，正是當初差點宰了沈洛年、逼得懷眞現形翻山衝來救駕的妖怪。

這群鑿齒和當初那妖怪一樣，手持短矛窄盾、力大無窮，仗著強大的妖炁右揮左擋，逼得變體部隊四面飛散，不敢正面應付，看樣子比上次的鑿齒威力還大上不少。

對了，當時那鑿齒所處的地方道息並不足夠，所以沒法發揮眞正的威力，而這些變體部隊剛變體引炁不久，並沒學過爆輕柔凝四訣，正如當初李宗的周、郭兩人，除了給予對方一定的傷害之外，無法正面抗衡。

但人多畢竟有一定的優勢，幾百道劍炁四面狂轟，縱是小傷，多了卻也受不了，兩方幾個衝錯，一陣混亂後，鑿齒們雖然受了大大小小的傷，但變體者也倒下了七、八名，這時變體者終於穩住陣腳，三百人包圍住裡面用盾防禦的四十多個鑿齒。

這麼一來，被包在裡面的可就只能捱打，只看四面劍炁尋隙亂發，打得鑿齒哇哇亂叫，有時某個鑿齒發狠，用盾護著身體往外衝，左衝右突地想找人算帳，但周圍的劍炁馬上集中爆出，將來襲的鑿齒硬生生打回去，卻也不免有人因此受傷。

段印見地上被拖開的受傷者逐漸增加，臉一沉，輕叱一聲：「我們上。」跟著他的那一小隊紛紛拿出武器衝了上去；而沈洛年見自己周圍這兩圈男女動都沒動，知道他們的唯一任務就是保護自己，倒有三分不好意思。

段印和他的小隊，並不像其他部隊一樣選擇遙攻的方式，竟是直接往內衝入，其中段印更是揮著朴刀一馬當先，對一名首當其衝的鑿齒盾牌猛砍下去。

其他的隊員手中武器也各自不同，他們拿著各種長短兵器，大多直接使用內炁攻擊，貼上去對鑿齒砍殺。

隨著炁息和妖炁衝突，一股股能量爆散化入虛空，不同的威力馬上讓沈洛年感應出，這一組都已修煉四訣，和其他兩百餘人大不相同，而且他們乍看之下，看似「專修內聚型」，但運炁之法卻仍是「兼修內聚」的功法，只不過拿著較大的武器，更能發揮內炁的效果。

這倒是有點道理，就算使用兼修派的功法，本身既然是內聚型的，使用內聚型的武器，應該更能發揮吧？只不過以這種武器使用外炁的時候，效果可能會大打折扣就是了，畢竟仍需要取捨。

而段印等人既然衝近，鑿齒當然樂於有人來打接近戰，兩方馬上打成一團，以四十對三十，按理是鑿齒佔上風，不過一來熟悉四訣之後，炁息的運用效果不只提昇一、兩倍，段印等人雖人數稍少，似乎仍能抗衡，再加上四面八方尋隙以劍炁攻擊的數百人，只不過幾分鐘時間，鑿齒群已落於下風，漸漸有鑿齒被砍翻，倒在地上掙命。

沈洛年一開始還不大敢觀戰，首先自然是怕自己又昏了頭衝上去，還好這時候人類頗佔優勢，就算有人受傷也大多不致命，沒有這種問題；其次是怕戰場上兩方屠殺，萬一有誰冒出上次狼妖那種悲憤、怨怒、憎惡的情緒，看了可不舒服。

不過他瞇著眼睛瞧了兩瞧，卻沒發現有這種情緒蔓延，他有點放心又有點訝異，這才睜開眼睛仔細地看，只見不管是人類還是鑿齒，泛出的都是殘酷勃張的殺意，也有人在殺意之中混著點怒意、浸染著冷漠，甚至有人在恐懼中還帶著點興奮或歇斯底里的情緒，但大體上還是瀰漫著一片殺伐之氣，沈洛年看著看著，輕吁了一口氣，這雖然看了也不很舒服，總比上次狼妖臨死前那種不甘願的神色好看多了。

而另一面，被困住的十幾個老少，也從谷內繞了出來，他們的迷彩服滿是泥濘，每個人臉上都是疲態，不過看得出來，這些人和那些新兵不同，說不定和段印等人有同樣的能力，否則以這十幾個人，如何能逃出四十多名鑿齒的追殺？

沈洛年只看了他們一眼，旋即轉頭，這群人雖然帶著點驚喜、安心氣味，但滿腦袋主要都是氣悶、火大、疲乏、惱怒，這種氣氛可是讓人看了就不舒服，還是少看爲妙。

而那群人發現只有沈洛年等人遠遠站在一旁，沒有進入戰場，很自然地往這兒接近，平杰身爲這一隊的負責人，自動往前和他們攀談，並簡略說明一下這支部隊的目的。

他們一面和平杰對話，一面往沈洛年那面多望了幾眼，畢竟沈洛年這時彷彿被眾星拱月般地圍在保護圈中，看來十分惹眼，而得知沈洛年能力之後，更不免訝異。不過他們看沈洛年似乎頗冷淡，倒不敢貿然上前攀談。和平杰又說幾句後，那十幾個人拿著武器，再度往內殺了進去。

這下眾人不禁有點意外，馮鳶望著走回的平杰，好奇地說：「他們怎麼了？不累嗎？」

「累吧，但他們說被這些妖人追了兩天很生氣，想進去出氣。」平杰瞪著那大眼睛說。

馮鳶等女子一聽，忍不住又咯咯地笑了起來。

平杰似乎不覺得哪邊好笑，他望向沈洛年說：「這確實是饕餮嗎？」卻是他剛剛有聽到沈洛年的自言自語，忍不住想問。

沈洛年微微一怔，回問說：「不是嗎？」

「是很像傳說中的饕餮。」平杰說：「但是妖怪很多種，沒有白澤圖眞本，不敢確定。」

沈洛年這才想起，饕餮這名詞是懷眞告訴自己的，也許現代的人類已經搞不清楚了吧，想了想，沈洛年問：「白澤圖是什麼？」這名字似乎也聽懷眞提過，不過爲了什麼而提，倒是已經忘了。

平杰疑惑地看了沈洛年一眼，似乎對他知道饕餮卻不知道白澤圖頗爲不解，頓了頓才說：「白澤是傳說中的上古神獸，識得每一個妖怪名字、長相、弱點，還知道過去未來，他所傳下的妖怪圖解，就是白澤圖。」

知道過去未來？沈洛年突然想起懷眞提到白澤的場景，那是當初她第一次來找自己算帳時，就說是跟白澤打聽到消息，才在那兒一等三千年……原來眞有這種妖怪？

在這幾句話的時間，場中的鑿齒群已完全落於下風，那一群受困的人們加上去後，強手的人數已經超過鑿齒，再加上外圍的偷襲，鑿齒很快就倒了近半，鑿齒們眼看不對，突然怪叫一聲，剩下的二十多名同時往內一聚，跟著各自一蹦，向四面八方掠起逃命。

眾人不是沒防範敵人脫逃，但鑿齒這種逃法可是聞所未聞，不但幾乎每個都得捱上個兩刀，更別提外面有幾百發劍炁伺候，但他們就是憑著體質強健，咬牙硬往外衝，只有幾個被砍成重傷倒地，其他十幾名還真的衝了出去。

段印倒也沒想到讓這麼多鑿齒溜了，剛想追，卻見滿空劍炁亂飛，他可也不敢貿然衝過，而且這時也不適合追殺，畢竟隊伍中能追上鑿齒的並不多，若又遇上別的怪物，還有被分別擊破的可能……看來這群鑿齒只好放過了，想到此處，段印臉色微沉、不大滿意。

不過這時受援的人們剛好找上他致謝，段印也就不介意這事了，畢竟這趟任務是救人，等人救齊，再談除妖也還來得及。

而那群剛剛救回的人和段印一談，也決定和隊伍一起行動，這些人都不是庸手，段印自然不會拒絕，而且也省得送這群人出海，當下眾人救死扶傷，稍作休息，又繼續前進，至於地上那些受重傷的鑿齒，段印倒是毫不客氣，早教人一刀一個殺了，隨便找個土坑推下，再砍幾片大草葉蓋了就算了事，連埋都懶得埋。

就這麼一路順時針往南繞，在沈洛年指示下，這一下午搜索了十八區，多救了七群共九十餘人，可惜仍沒找到白宗一行人。

若第一批人不算在內，後面七群中，就有四群是被數十名鑿齒群搜捕，當第三次遇到的時候，段印倏然而驚，不知道這島上到底有多少鑿齒，若逃走的鑿齒四處串連起來聯合攻擊，這三百人能不能敵得過還十分難說。

所以到了後半段，段印不敢大意，除提醒沈洛年需格外注意群聚型妖炁的動向，另一方面也要眾人略斂炁息，這樣雖然移動速度較慢，卻可以避免敵人從遠處掌握眾人位置，若對方恰好搜到近處，相信沈洛年也可先一步察覺。

除這個因素外，受困者中有一半身上有傷，加上原來部隊也有人受傷，隊伍移動速度越來越慢，到了夕陽西下、天色昏沉的時光，眾人到了最南端的Ｄ８地區，段印當下帶隊踏出森林，走到南端海岸。

走出那令人氣悶的妖怪森林，看著一望無際的海面，眾人胸襟不由一爽，自然而然深吸了幾口帶著鹹味的潮濕空氣。段印停下部隊，對眾人朗聲說：「注意！我們在這兒進食休息一個小時，一面護送傷者離開，這附近雖已確定沒有妖物，但周圍仍需派人輪班警戒，大家別大意。」

累了一下午，終於可以休息，各隊隊長安排輪值警戒之後，大家各自坐地，有人覺得炁息不足，施法引炁入體，有人拿出口糧加熱進食，也有人躺在地上稍作休息，另外段印也派人用訊號彈配合旗號發訊，對停在南端的船艦送訊，要求派船支援，不久之後，外海就會有人操舟而來把傷者送走，並補充眾人的食水。

至於沈洛年這一組，因為只需要保護沈洛年，其他什麼事都不用做，這一下午倒是輕鬆得很，這時也是閒著沒事。沈洛年見大家休息時還圍著自己，輕咳了一聲，對馮鴦和平杰說：「這附近沒有妖怪，我自己隨便走走，你們休息。」

眾人本來正在手忙腳亂地弄著不同口味的野戰口糧，聽到沈洛年這麼說，馮、平兩人都是一怔，平杰馬上站起說：「我派幾個人隨沈小兄弟一起走。」卻是經過這一下午，眾人都知道了沈洛年的重要性，平杰比下午剛來的時候，認真不少。

「不用。」沈洛年搖頭說：「我只是在林旁隨便逛逛。」

「這怎麼可以？」平杰瞪大眼睛說。

「沈小兄弟，這幾位想跟你認識認識。」段印正領著幾名長者走近，見眾人臉色不對，他訝異地說：「怎麼了？」

「洛年小弟想自己出去走走。」馮鴦睜大眼睛說。

「這可不行，你可是身無炁息，沒有防身之力，萬一出事怎麼辦？」段印一轉念說：「對了，我們也有立野戰用的廁所……」

沈洛年皺起眉頭還沒答話，一個頭禿一半的長者笑說：「萬萬不可啊。沈小兄弟可得替世人珍重，除妖救人都需要你的幫忙，今日也是多虧你探查路途，我們才被救了出來。」

「能體察收斂的妖炁、炁息，這是某種超能力嗎？應該和變體無關吧？」另一個有著短鬚的壯漢挺胸說：「不知沈老弟為何不引炁？如果需要人引炁，隨時可以找我黃宗幫忙。」

「肖宗長，洛年小弟怎麼可能缺『引炁人』？」另一個身形削瘦的女子笑著插口說：「莫非有特殊原因？」

沈洛年還沒來得及說話，段印已經呵呵笑說：「我還沒幫你們介紹呢，倒是一個個搶著說話……沈小兄弟，這三位是洞庭蘇宗蘇宗長、福州黃宗肖宗長，還有上海郤宗的耿夫人，另外，幾位其他國家的宗派，因為語言不通，只請我對你致意。」他一面比了另一方，果然不少人正望著這兒點頭示意。

才高二的沈洛年，哪見過這種陣仗？尤其這些人身上帶的氣氛都不怎麼可親，雖然多少都有點感激的成分，但卻遠遠比不上懷疑和羨涎的氣息，就連段印都帶了點那股味道。在這樣的一群人之間，沈洛年感到十分有壓力，他只皺起眉頭說：「你們好。」

「聽說洛年小弟和台灣白宗有關？」耿夫人首先發難，微笑問：「但段先生語焉不詳，說不清楚，我們可是很好奇呢，印象中白宗人數似乎不多？」

「冤枉、冤枉，我可也不清楚啊，我們總門新進的劉祕書她只這麼跟我說。」段印朗笑說：「如果沈小兄弟願意告訴我們，那當然最好了。」

「一個小時之後就要繼續出發，對吧？」沈洛年突然說了這句沒頭沒腦的話。

段印愣了片刻，這才點頭說：「小兄弟說得沒錯，我們在這兒休息一個小時。」

「時間不多，我想休息一下，自己去林裡走走。」沈洛年見眾人都要開口，他搶著又說：「如果有妖怪，我會先知道，別擔心。」

這話倒是把眾人的嘴都堵住了，沈洛年也不等這些人反應過來，一轉身，點地飛騰，往外掠出，向著森林奔去，他雖沒引炁，畢竟已經變體，沒幾下就躍入森林，不見人影。

「沈小兄弟？……這小子……」段印沒想到沈洛年這麼不給面子，愣了愣，這才回過神板起臉說：「真是年紀太輕，太不懂事了。」

「年輕臉嫩吧。」禿頭的蘇宗長有點尷尬地笑說。

「這可不行啊。」壯漢肖宗長皺眉說：「萬一有個三長兩短，那可是……」

「平宗長、馮小姐。」段印望著兩人說：「你們負責沈小兄弟的安全，要不要跟去看看？」

「跟去？」平杰瞪眼說：「我們找不到他，他想躲卻很簡單，除非把他綁起來。」

段印無言以對，正一臉困擾時，馮鴦走近笑著說：「這兒除了妖怪，又沒有其他飛禽走獸，不會有事啦。」

這話倒也沒錯，眾人無話可說，各自散去。

□

而沈洛年竄入林中，他不用回頭，就知道沒人跟過來，他往內又奔出十餘公尺，一道白色獸影倏然從一株巨大青綠粗枝之後閃出，正對沈洛年直撲。

沈洛年一點都沒有吃驚的模樣，他一把抱住白色獸影，和那異獸一起滾倒在地，一面說：「等很久嗎？我現在才能抽身。」

那是頭全身長滿蓬鬆雪白長毛的巨獸，不算尾巴也超過一人高，巨獸兩顆大而靈巧的紅色眼睛，正委屈地望著沈洛年，同時長長的舌頭往外吐，對著沈洛年舔了兩下，嗚嗚地叫著。

「我就知道，快吸吧，笨狐狸！」沈洛年張開嘴，濃稠的渾沌原息往外送，狐狸眼神中露出喜色，張開嘴，大口大口地吞嚥，將渾沌原息納入腹中。過了好片刻，這才趴在沈洛年身上吐著舌頭呼呼喘息。

這白色大狐狸，當然就是懷眞。

前幾日月圓，一直沒見到她的身影，加上周圍道息異常減少，沈洛年心中就在暗叫不妙，道息越少，對越強的妖怪影響越大，少到將近沒有的狀況，懷眞不只會現形，說不定還得像當初等候三千年一樣，有如冬眠一般化石入定，恐怕已經沒有回來找自己的能力了。

不過雖然周圍道息大量減少，電視上噩盡島妖怪卻似乎一點也沒少，加上懷眞說過要去看熱鬧，也就是說，懷眞如果還醒著，八成被困在噩盡島。昨晚沈洛年想到此事，就已經有點意動，加上接到劉巧雯的電話，知道葉瑋珊等人受困，於是馬上答應來這一趟。

早在兩、三個小時前，沈洛年就感覺到懷眞曾接近過，不過那時不便見面，也只好忍著，好不容易現在找到機會，沈洛年馬上離開隊伍，懷眞當然也立刻追了上來。

又過了片刻，懷眞似乎恢復了元氣，開心地一蹦而起，壓著沈洛年，又舔了他好幾口。

沈洛年躲著懷眞濕答答的舌頭，呵呵笑說：「妳要繼續這樣嗎？還是要變成人？」

懷眞輕吼了一聲，離開沈洛年窩在地上，身形逐漸地改變，看樣子是想變成人類，沈洛年見狀搖搖頭，拿下背包，從裡面取出一套迷彩服放在一旁，這是他特別替懷眞準備的，連鞋子都多帶了一雙，不過尺寸難免不合，也就顧不得了。

不久之後，終於變回裸女的懷眞，也不急著穿衣服，又撲到沈洛年懷中，一面笑嘻嘻地嚷：「你怎麼來了？是爲了我才來的嗎？終於發現自己愛上我了嗎？」

「又在胡說八道了。」沈洛年好笑地推開懷眞說：「穿了衣服再說話。」

「咯咯。」懷眞放開沈洛年，先穿上上衣，拿起褲子的時候，她皺起眉頭說：「咦！這不是裙子。」

「這種衣服只有褲子啦！」難不成打仗還穿迷彩裙？沈洛年說：「妳剛也跟在旁邊，有看到哪個女人穿裙子嗎？」

懷眞嘟起嘴，不甘願地穿上，一面說：「氣死我了，好倒楣，你們人類胡搞，差點把我坑了，噢……我的衣服又毀了一套！」

「衣服再買就有了。」沈洛年說：「妳來看熱鬧，怎麼自己掉下來了？」

「都是息壞不好！」懷眞說：「居然造成渾沌原息流向產生變化，我哪知道會這樣？」

「息什麼？」沈洛年詫異地說。

「息壤，妖化的土壤。」懷眞比手畫腳地說：「就一直吞食道息然後一面變大，把這小島變成大島的東西啊！那東西似乎有聚集道息的特性，一直到原息太濃承受不了而死，但死了以後這種性質一時還不會消失，所以還在凝聚道息，但死妖怪又用不了，就往地底下散，然後又散出去……變成一個很大的渾沌原息循環。」

「像磁場那樣嗎？」沈洛年想起國中做過的實驗。

「那是怎樣？」懷眞反而聽不懂了。

「算了，像什麼無所謂。」沈洛年看著穿著鬆垮垮迷彩裝、有點狼狽的懷眞說：「所以妳就掉下來啦？有被炸彈之類的東西炸到嗎？」

「沒有，可是我飛不回去了呀。」懷眞委屈地說：「這兒因爲道息濃度比以前還高，變小點還勉強可以過日子，離開島就不行了。」

「那怎辦？」沈洛年詫異地說：「難道妳要一直待在這兒？」

「傻瓜。」懷眞摟著沈洛年，笑咪咪地說：「有你就可以出去了，我欠元氣的時候找你吸吸就可以了。對了，你本來不是不肯來嗎？忍不住想見我對不對？」

「不對。」沈洛年轉頭說：「瑋珊和一心他們也失陷在這兒了，我想救他們出來，所以才來的。」

「喂！」懷眞半嗔怒地嚷：「我是順便的嗎？」

「對。」沈洛年笑說。

「可惡。」懷眞牙癢癢地瞪了沈洛年一眼，嗔說：「我才不信，你以前不是說，只要沒當場看到，就不會管別人死活嗎？」

「是這樣沒錯。」沈洛年沉吟了一下，搖搖頭說：「我似乎沒跟妳說過……我過去一直不想交朋友，也沒人想和我交朋友，一直都是獨來獨往。」

「嗯？」懷眞靠著沈洛年，輕蹭著說：「那他們呢？」

「那群人很莫名其妙，這半年來不知道爲什麼，硬是把我當朋友。」沈洛年搔頭說：「害我總覺得，不管他們好像過意不去，反正只救人該不會很危險，我就來了……今天耗了一下午還沒找到他們，不知道他們有沒有事。」

「好奇怪的說法。」懷眞想了想突然說：「那我呢？我也不算朋友嗎？」

「妳啊，」沈洛年好笑地說：「妳有點像是親人和寵物的綜合體，不像朋友。」

「吼！」懷眞一把將沈洛年撲倒，惡狠狠地說：「你以爲我聽不懂什麼是寵物嗎？我可不是你養的小狗。」

「妳不是老要我餵妳原息？還不承認？」沈洛年笑說。

懷眞一怔，不知該如何反駁，她嘟嘴放開沈洛年，坐在一旁地上生悶氣。

「好了啦……」沈洛年坐起，伸手輕抓懷眞的背說：「現在得找個理由讓妳加入隊伍，妳想個理由吧。」

這一抓，懷眞舒服地嗯了一聲，也忘了生氣。她半閉著眼睛，靠過來說：「就說……我之前混到那群送死大隊裡面，上來島上殺妖，發現你們來救人，所以找過來，就剛好遇到啦。」

這說得通嗎？沈洛年心思不算太細密，感覺好像勉強通，也就不想了，只說：「妳在他們眼中也沒炁息，那還要用縛妖派的名義混下去嗎？人家會不會問妳，這邊妖怪這麼多，怎麼不抓一隻來縛？」

「這個……」懷眞其實編故事能力也不算高明，她嘟嘴說：「管他呢？就說我們不想抓這麼弱的妖怪。」

沈洛年搖頭說：「這樣不如不回答。」

「隨便啦。」懷眞突然說：「欸，你一定要救那幾個小弟弟、小妹妹嗎？外面都搜遍了沒？」

「還沒搜完，怎麼了？」沈洛年感覺到懷眞話中有話，詫異地問。

「你沒注意到嗎？」懷眞詫異地說：「中央山區有挺強的妖怪喔，你們這些人打不過的，可別搜到裡面去。」

「妳能感應到這麼遠啊？」沈洛年詫異地說，對現在的他來說，十餘公里就漸漸模糊，二十多公里外就毫無感應了，懷眞所說的中央山區，離這兒數十公里，已經遠超過沈洛年的感知距離。

「當然可以，不然我半年前怎麼找到你的？原來你雖然很敏感，能察覺到斂炁的人，但感覺的範圍這麼小呀？」懷眞得意地吃吃笑說：「我還以爲這方面已經不如你了呢。」

「中央那兒道息似乎更濃，有更強的妖怪也不奇怪。」沈洛年遲疑了一下說：「有成群結隊的嗎？今天遇到不少鑿齒。」

「大部分鑿齒在靠裡面點的地方。」懷眞說：「你們遇到的是少數散兵。」

「啊？」沈洛年吃了一驚說：「這兒有很多鑿齒嗎？」

「很多喔。」懷眞往中央望去說：「跑來跑去，和各種妖怪打架。」

「妖怪和妖怪也會打架？」沈洛年有點意外。

「爲什麼不會？妖怪的種類和個性也差很多啊。」懷眞一面遙望一面說：「鑿齒稟性殘暴好鬥，除非對方強大到確定無法抗衡，不然都會想拚看看……」

「希望他們別找上我們。」聊到這兒，沈洛年打算帶懷眞回部隊，剛爬起身，他望望懷眞皺眉說：「妳要不要戴個面罩之類的？等會兒幾百個男人都色迷迷地看著妳，可有點煩。」

「這就叫作吃醋嗎？」懷眞噗嗤一笑說：「還說沒有愛上我？」

「少臭美。」沈洛年沒好氣地說：「那種熱騰騰彷彿太陽初升的慾念，看多了可不舒服。」

「沒用啦，我散發的是一種氣質，不全靠長相，摀起臉來也一樣。」懷眞說：「至於慾念那些……你現在只是不習慣這種看透本心的能力，看多就會習慣啦。」

沈洛年倒是無話可說，今天看了好幾場拚鬥，對於殺伐之氣果然漸漸習慣，不像一開始這麼震撼，如果懷眞總是在自己身旁，未來對這種色慾之念，想不習慣都不行。

沈洛年帶著懷眞剛走出森林，就看到平杰等人在森林外焦急地晃來晃去。看到了沈洛年，眾人一面急急迎上，一面不免詫異地看著懷眞，不明白沈洛年怎麼走入森林中沒多久，就帶出來一個讓人渾身發軟的絕世美女？

隨著沈洛年的接近，注意到的人越來越多，無論男女，不少人眼睛發直、張大嘴巴望著懷眞，話都說不出來。

緊接著段印、馮鴦都來了，沈洛年見每個人都傻在那兒，當下咳了咳說：「我介紹一下，這位是我……我們胡宗的胡宗長，她……剛好也在這島上，我們剛遇見，就一起過來了。」

這話莫名其妙之處其實不少，不過眾人被懷貞所吸引，卻也沒心情思考沈洛年說些什麼，段印首先笑容滿面地說：「原來兩位是胡宗的？卻不知是哪兒的胡宗？在下段印，現任職道武門總門教頭，還請胡宗長多多指教。」

對了，這些人自我介紹的時候似乎都會加地名，台灣只有三宗大家都知道，總不能又加一宗，難道要說是蛙仙島胡宗嗎？會不會難聽了些？

「塗山胡宗。」懷貞一笑接口說：「我們家的洛年，多虧大家照顧了。」

塗山是哪兒？這狐狸在胡謅嗎？沈洛年眼睛轉來轉去，觀察著周圍的反應。

「不敢當，這是應該的。」段印卻似乎一點也沒感覺到異狀，尊敬地說：「胡宗長前兩日就到島上了？居然能一個人自由在島中穿梭，真是讓人敬佩。」

「不敢當，我和其他人分散了。」懷貞微微一笑說：「感覺到諸位，所以前來會合。」

「胡宗長……似乎也和沈兄弟一樣並未引炁？莫非胡宗長也具有特殊的感應能力？」段印剛剛被美色所懾，一時沒注意，總算他也活了不少年，清醒得還算快，沒多久就注意到此事。

「嗯，這是我們宗派的特色，不過我和洛年又有不同。」懷貞含糊地帶過，然後微微一笑說：「我可以和諸位一起行動嗎？」

「這是當然，求之不得。」段印連忙點頭。

這時要送出島外的傷員已經送得差不多了，段印還有事情得安排交代，雖然看得出來他頗有點捨不得，但還是只能離開，沈洛年和懷眞身旁只剩下平杰和馮鳶兩人。

平杰是根本說不出話，他似乎連看著懷眞的勇氣都有點不足，只敢遠遠站在一旁；而馮鳶同樣身爲女人，不用避嫌，正詫異地上下打量著懷眞；這還不稀奇，比較奇怪的是——懷眞不知爲何，也看著馮鳶，似乎也有點訝然。

沈洛年見狀，不大明白發生了什麼事情，試探地說：「懷眞，這位是馮鳶大姊……」

這時馮鳶卻突然對懷眞說：「妳眞是人嗎？」

媽啦！沈洛年渾身寒毛都豎了起來，果然碰到高人，被識破了，這下糟了，還沒救到人就要被圍毆了。

懷眞卻沒回答這句話，她望了望馮鳶，又看看其他幾個正好奇望著這兒的酖族符宗女子，她才開口說：「妳們是女巫？」

沈洛年又吃一驚，這次雖然沒豎起寒毛，卻冒起雞皮疙瘩，這兩個女人是怎麼回事？

馮鳶看了沈洛年一眼，似乎以爲是沈洛年說的，所以沒有感到很意外，她點點頭說：「我們是女巫沒錯。」

「侍奉的神靈是哪一尊？」懷眞又問。

「塔雅・藍多。」馮鳶說：「漢語是和平歡喜之神。」

「和平歡喜？」懷眞快速地說：「神體在哪兒？」

馮鳶臉色一變說：「妳怎麼……」

「算了，這我不該問的。」懷眞微微一笑說：「時候未到。」

「妳到底是……」馮鳶呆了呆才說：「爲什麼妳身上似乎有股……仙炁的味道？」

不是妖炁嗎？沈洛年心念一轉，確實懷眞的妖炁和一般妖炁有點不同，似乎品味高純不少，過去倒沒仔細留意這些區別……她自稱仙狐，那個「仙」字莫非有三分道理？

懷眞卻是目光一轉，微微一笑說：「就和妳們一樣啊，妳們也有種獨特的氣味。」

馮鳶吃了一驚說：「妳也是女巫嗎？可是……」

「不大一樣。」懷眞沒說下去，突然轉頭笑說：「好像該出發了？」

果然段印正在下令，各部隊紛紛起身聚集，符宗和紅宗等二十人，也正準備集合到自己身邊，準備出發。

馮鳶見狀不好多問，她再看了看懷眞，這才和其他五名女子，把沈洛年與懷眞團團包起，而平杰也率領紅宗的十四人，分在前後列隊。

「用她們來保護你，可眞是個好想法。」懷眞低聲說。

「爲什麼？」沈洛年也低聲問。

「你不覺得看到她們就會覺得很快樂、氣不起來嗎？」懷眞笑說：「敵人會自然不想攻擊這群人。」

「會嗎？」沈洛年說：「我倒是覺得她們幾個不知爲何一直很開心。」

「啊，忘了天成之氣對你無效。」懷眞笑說：「她們是彼此互相影響，才會有這樣的氣氛。」

「天成之氣？妳那種嗎？」沈洛年意外地說：「不像啊。」

「和我不一樣，這叫『樂和之氣』。」懷眞說：「是麒麟的天成之氣，不過她們不夠純粹，一群人聚在一起彼此激發，效果會更好一些。」

「嗄？」沈洛年忍不住輕呼了一聲，原來所謂的天成之氣，不只是懷眞擁有的喜慾之氣，還有麒麟的樂和之氣？那又是什麼氣？一般人身上怎麼會有？

ISLAND

你們先回去睡覺

這時段印下了命令，招呼隊伍整隊出發，這麼一整隊，那六女自然又到了身旁近處，沈洛年不好再問，只好閉上嘴，等著依序往前。

這三百餘人，除沈洛年這一小組之外，其他以三十人爲一隊，連段印那隊也算進去，一共分成十隊，因爲有沈洛年體察妖炁，沒什麼好搜進的，於是隊伍並不拉寬，而是一隊隊依序出發，彷彿一條長蛇。

眾人本被安排在隊伍後段，只在殿後的段印小組之前，而既然都收斂炁息行走，馮鳶也不需要以外炁托著沈洛年，眾人藉著變體體能，快步前進，還好森林雖然茂密，但因爲枝幹實在太過粗大，一般小型的植物又還沒開始生長，所以林間縫隙不小，讓隊伍通過並不困難。

不過這時天色已黑，地上泥土未乾，雖然有月光映照，眾人走起來仍難免一腳高一腳低，鞋上滿是泥濘更是不在話下，走著走著，到了C８地圖區域，部隊再度停下，等候沈洛年「繪圖」。

之前沈洛年標點的時候，每個人都安靜地在一旁等著，不敢打擾，不過懷眞可不吃這套，湊在旁邊嘟囔說：「原來是這樣喔？還眞方便呢……」

沈洛年也不理她，快手快腳地點完交出，部隊很快又開始移動，但剛跑出沒兩公里，沈洛年突然一怔，回頭對著段印打手勢說：「有人。」

段印一聲令下，命令低聲往前傳，整個部隊停了下來，沈洛年走近說：「北邊有一群人正往西南走，似乎沒被追擊。」

這倒奇怪了，沒被追擊的話，為什麼拖了兩日沒出來？段印想之不透，問清了方向，率隊迎了上去。

過不多時，兩方會合，那群共有三十多人，正倉皇地往外奔，看到了這大隊人馬，那股倉皇的心情才稍微穩定下來，兩方會合一問，沈洛年方才知道，這些人之前本是兩組倖存者，也被兩群不同的鑿齒追逐，後來不知為什麼，鑿齒似乎消失了，他們當即嘗試往外逃，跑到一半兩方相遇，快到岸邊時，又和大隊遇上。

段印眼看這群人體力不繼、傷兵過多，旋即帶著他們斜穿往Ｃ７區，聯絡島外的船艦派救生艇支援。

等候救生艇抵達的時候，段印走近沈洛年，臉色沉重地說：「看來鑿齒數量不但多，而且還有人統率，我們搜救的路線不難推測，對方應已集合了人手，在前方等候。」

這種事情幹嘛來找我商量？我又不懂得打仗，沈洛年莫名其妙，但仍喔了一聲。

「若我是他們，應該會派人到高處瞭望，等待我們進入陷阱。」段印說：「但他們不知道我們可以先一步知道敵蹤……沈小兄弟，你我兩組到前隊去，越早發現敵蹤越容易應付。」

原來如此，沈洛年點點頭同意。

不久部隊再次出發，這次沈洛年和段印兩隊組合在一起，排在隊伍前端，這樣說停就停，前隊不至於誤入危險區，缺點是少了探查的部隊，不過反正有沈洛年在，倒也不需要探查。

又繞過了兩區，天色越來越黑，沈洛年突然一舉手，段印跟著舉手，部隊馬上安靜地停下來。

「怎樣？」段印低聲說，幾個留下協同作戰的各宗高手，也紛紛聚了過來。

沈洛年接過透明夾，一面畫一面說：「這邊、這邊、這邊，三個地方，都有……五十個左右。」

「果然來了。」段印皺起眉頭說：「一百五十隻長齒人形妖嗎……」他回頭看了看部隊，有點難以決斷。

如果這三百餘名變體者都修煉過炁訣，在知道對方布陣方式之後，一隊隊吃過去一定大勝，就算和對方一百五十人硬碰硬，也是贏面居多，但現在隊伍中修煉過炁訣的頂多六、七十人，其中還有二十人保護著沈洛年，這樣可就不是很有把握了。

「對方正緩緩地往這方向搜進。」沈洛年又補了一句。

看來思考的時間不多，段印皺眉說：「我們往Ａ５撤退吧。」

「為什麼？」懷眞很不想來來回回浪費時間，插嘴說：「一下子把五十隻包住殺光，不是很快嗎？」

反正懷眞就算再無禮三分，段印也不會生氣，他馬上解釋：「胡小姐，我們隊伍中，大部分都只是生手，能接近出手的高手只有四十多人……」

「五十多人吧？」懷眞歪頭說。

「這隊必須留下保護兩位。」段印搖頭說：「你們若是出事，連救人都辦不到了。」

「符宗的六位留下就夠了。」懷眞微笑說：「這十四位紅宗的大哥可以派出去。」

段印微微一愣，似乎沒想到這辦法。

「洛年知道哪兒有妖怪，打起來的時候只要躲好，不需要保護，留幾個人應付意外就好，不需要這麼多人啦。」懷眞笑說：「不過你們以多打少可要夠快，另外兩群一定很快就會殺過來。」

自己可不是來冒險的，沈洛年忍不住皺眉說：「安全嗎？」

「萬一危險就往外逃囉。」懷眞笑說：「鑿齒討厭海水，跳水裡就安全了。」

「眞的嗎？妳怎麼知道的？」眾人大吃一驚，難怪鑿齒雖然到處搜捕人類，卻一直沒在海邊出現，原來是這個原因？

懷眞這才發現失言，她吐吐舌頭笑說：「聽說的啦。」

媽的，周圍爲什麼突然湧起一片猜疑和貪婪的氣味？沈洛年四面一望，全身都不舒服，眼看那六名女巫似乎不懂這些，依然是笑吟吟地站在一旁，等著這兒做出決定，沈洛年忍不住往那方向退了半步。

那看來年紀不大的黃宗肖宗長，忍不住開口說：「難道胡宗……有白澤圖眞本？」

這話一說，那種氣味更濃了，還多了點緊張和專注，似乎都在等懷眞回答。

懷眞目光一轉，笑著說：「怎麼可能，你們想到哪兒去了？」

不過喜慾之氣似乎蓋不掉貪婪的念頭，懷眞說的話難得沒什麼效用，眾人仍遲疑著，誰也沒說話。

過了幾秒，沈洛年見沒人開口，他忍不住咳了一聲，在夾上畫：「對方到這兒了。」

段印回過神，又看了兩人一眼，這才看著平杰說：「咱們先對付鑿齒，平宗長意下如何？」

「如果確定沈小兄弟安全，我們當然願意出力。」平杰晃著他那大掃把頭，點頭說。

「那就這麼做，能殺多少算多少。」段印說：「就算我們回去集結人手，對方下次說不定也更多人，還不如有機會就出手……部隊集合！」

當下段印下了命令，部隊這次仍分成三組，目標是敵方三隊中最西面、也就是最靠海邊的那一群包抄；而準備接近迎敵的五十餘名高手，則平均分到三組裡面，帶頭往前衝殺，其他隊員則在後面尋機攻擊，務必要在敵人來襲之前，解決掉這五十隻。

之後如果損失不大，將直接與對方的一百隻搏鬥，如果損失太大，或者沒法順利剷除那五十隻鑿齒，則馬上往西面海洋撤退……言下之意，他已經相信了懷真的說法。

計議已定，沈洛年最後再標一次對方三隊的位置，這時對方的移動方式已經很容易推測，部隊立即分成三個方位，布置成口袋模樣反包圍，等著對方接近，而沈洛年這一組，則隨著最接近海岸那一隊後方，以便逃命。

等眾人布置妥當，又等了大約二十分鐘，不用沈洛年提醒，埋伏的斥候已經弄清楚了對方的位置，只聽段印一聲低嘯，眾人炁息同時爆起，對著鑿齒殺去。

三百多人欺負五十隻鑿齒，果然是秋風掃落葉，何況其中還有五十多名高手，這些高手一對一應付鑿齒都頗佔上風，更別提身後還有幾百道劍炁支援，只不過幾分鐘的時間，鑿齒死傷慘重，連逃都沒法逃。

但是另外兩隊鑿齒畢竟在不遠的地方，很快就運足妖炁衝來，這時外側的短劍部隊，回身劍炁亂發，把首先趕到的五十多名鑿齒逼在外面，等另外一批趕到的時候，被圍攻的鑿齒已全數死亡。

那百名鑿齒連聲怪吼，拿著盾牌對著眾人衝，段印等人連忙往前迎上，兩方混在一起大亂鬥，一轉眼兩方都躺下不少人。

整體而言，人類這方是佔上風，但能和鑿齒正面抗衡的人數不夠，亂戰之下，難免有些生手被追得四處亂逃，甚至受傷，外圍隊伍因此也沒法把助攻的角色發揮得很好，所以一時三刻之間，這場仗還打不完。

和懷眞等人躲在一株大草葉之後的沈洛年，也正看著不遠處的戰場，那兒人類和鑿齒兩方都倒下了不少，雖然在感情上人類和他比較親近，但也只是親近一絲絲而已，對他來說，看兩邊誰倒下哀號都不怎麼愉快，若是直接殺了就罷了，偏偏戰場上眞要死還沒這麼容易，被打趴打傷一時不死，一面往後退一面冒出滿身怨毒恨意的倒是一大堆……

想了想，沈洛年突然說：「我不喜歡這樣。」

「怎麼了?」懷眞問。

「只是救人不需要這樣。」沈洛年說：「這仗打得沒意義。」

懷眞妙目一轉，笑著說：「可是對大多數人類來說，鑿齒是敵人。」

「那我不管。」沈洛年說：「他們既然怕海水，就不會出去，幹嘛找他們打架？」

「那你想怎麼辦？」懷眞詫異地說：「不救人了嗎？」

「我們兩人去就好了。」沈洛年說：「人少也容易繞……馮鴦姊，我們倆先走一步，妳們若是也想上去助陣，就去吧。」

懷眞微微一怔，卻也不禁認同沈洛年的想法，有沈洛年在，要領人繞出來並不困難，只要能避免和妖怪衝突，人多反而不必要，正想點頭的時候，馮鴦已經睜大眼睛說：「我們答應了要保護你呀，爲什麼突然想走？」

「我沒興趣一路打仗，而且那些人……反正我不想這麼多人走。」沈洛年總算把「那些人看了有點煩」這幾個字吞下沒說出口。

「不喜歡人多，那就我們八個人去呀。」馮鴦笑著說：「總不會比要救的人還多吧？萬一出了意外，我們還可以帶著你們兩位跑。」

這話倒也沒錯，三百人太多，八個人確實稱不上多，但自己和懷眞去冒險無所謂，若有危險，懷眞大不了恢復原形叼著自己逃命，至少兩人能自保，多拖這些人去可就……

沈洛年正想拒絕，卻見懷眞點頭說：「我也覺得她們跟來不錯，一般殺性不大的妖怪，不會對我們產生敵意。」

這話一說，馮鳶等六名女子彼此互看一眼，似乎對懷眞知道此事，有點吃驚。

「那就走吧。」沈洛年也不堅持，看著還在打仗的那方向，嘖了一聲說：「直接偷溜會不會被罵？」

「留個字吧。」懷眞以指代筆，刻入前方的綠色大草莖，寫著大字——「我們去救人，你們先回去睡覺吧！」

就寫這樣嗎？沈洛年正不知道妥不妥當，卻見懷眞似乎挺滿意地點了點頭說：「快，你簽名，當作你寫的。」

「簽什麼名？走吧。」沈洛年瞪了懷眞一眼，拔腿就走。

「小氣！」懷眞嚷著追了上去。

符宗六名女子不禁莞爾，人人掩嘴輕笑，也跟了上去。

□

只帶著這少少的七人，想避開妖怪自然是容易不少，雖然沈洛年沒有分區地圖，但是也領了張全島大地圖，偶爾請馮鳶她們飛上高處往下望，勉強也能分辨位置，八人行動很快，沒過多久就穿過五區，剛進入該是C３的地方，沈洛年馬上感受到一群人類的炁息，他立即停了腳步，把注意力集中過去。

「有了？」懷眞問。

「嗯，不少人。」沈洛年說：「不知道被什麼困住……他們附近好像只有一隻妖怪，雖然感覺挺強，但怎能困住這麼多人？」

這確實很奇怪，若對方超乎想像地強大，那些人早應該被殺光；若沒這麼強，一隻又怎麼能困住一群人？至少也該有機會逃跑才是，沈洛年想來想去想不清楚，還是只能接近看看。

沈洛年感受到的地方接近D３區，那已經算比較接近島嶼內圈的地方，道息比外圍又濃了些，有強大的妖怪也不奇怪，只不知道到底有多強？

八人一面繞過妖怪，一面向著那個方向接近，直到翻過一座山丘，眼前出現一塊詭異的山坳，山坳裡面只長著一種粗藤植物，而不知怎麼長的，那植物居然有點像個巨大矮桌般，就這麼落在山坳中央。

且不管那怪植物，人呢？沈洛年明明感受到人類的炁息就在這附近，爲什麼沒看到人？而且不只是人，那股妖炁也在這附近……不過接近之後，不知道爲什麼，那股妖炁的位置反而變得不大穩定、難以分辨。

「下面嗎？」懷眞側著頭說。

「下面？」沈洛年疑惑地問了一聲。

「下去就知道了。」懷眞眨眨眼說：「這叫『閉棘』，有點小麻煩。」

「閉棘」？沈洛年一面往下走一面觀察，這才發現這植物果然古怪，它底下由十來根數人合抱的巨大莖幹分立，支撐著十公尺上方一片密密麻麻、不透星光、微微隆起的藤蔓屋頂，無論上面下面，都由許多條比人還粗的帶刺枝條所纏成，遠遠望去，彷彿一間有許多支柱、但沒有圍牆的綠色巨大平房。

這大片屋頂至少有百公尺寬吧？好像個很舒服的大房子，那些人似乎就在這房子裡面？沈洛年正想走進去看看，懷眞卻一把拉住他說：「等一下。」

沈洛年一怔停下腳步，上下仔細一看，他這一留神，果然感受到眼前這大片植物中，似乎隱隱流動著妖炁，沈洛年一驚說：「這是妖怪？」

「對。」懷眞說：「『閉棘』，人或獸走入，會被它關起來，慢慢消化。」

「啊？」沈洛年吃驚地說：「那裡面豈不是關了好幾十人？」沈洛年換了幾個角度看，卻始終找不到人。

「中央那株大柱吧。」懷眞說：「應該包在裡面。」懷眞突然走到一旁，抱起一大塊土塊

往裡面滾去。

那大土塊剛滾入數公尺，突然周圍十來片帶刺樹網交錯翻起，從四面八方向著那端包去，只一瞬間就把土塊包得密密麻麻，但過了幾秒後，閉棘似乎注意到那並非生物，四面荊條往內一擠，荊條一合，土塊被擠碎成粉末散入下方，樹網才慢慢往外散開、翻落。

那幾個年紀較輕的女巫不禁輕呼了一聲，剛剛若不是懷眞阻止，她們也會跟著沈洛年往內走，也許現在也被包成一團了。

「這樣的網，不難打破吧？」沈洛年上下看著。

「被攻擊的話，它會瞬間集中妖炁抵禦，除非很多人同時動手，它才會顧此失彼。」懷眞好笑地說：「這兒倒需要比較多人手。」

自己把剛剛那三百多人甩掉，倒是錯了？沈洛年雖不怕妖炁，但是這麼粗大的枝條，他可也不知該怎麼對付。

符宗那幾名女子這時湊在一旁，唧唧咕咕地討論了幾句，馮鴦走近沈洛年和懷眞身旁說：「上面也有危險嗎？」

懷眞微微一怔說：「不知道。」

「上去試試？」馮鴦問。

這附近似乎沒有別的妖怪，用一些炁功應該也沒關係，沈洛年無所謂地點了點頭，馮鴦等六人圍上，御炁托起兩人，其中那個最小的小露還帶上了一團土塊，將土塊對著那片綠色平頂扔過去。

土塊砸上平頂滾動了幾下，又順著那有點傾斜的坡度往外滾，一路滾出屋頂、摔落地面。

「上面好像安全欸？」懷眞有點意外地笑說。

「那到中間去。」沈洛年說：「那些人在中央。」

八人御空飄飛，到了中央，沈洛年說：「我先下去看看，有問題妳們隨時拉我上來。」

馮鴦吃驚地說：「洛年小弟，你沒引炁，有事情危險。」

「我來吧。」懷眞吃吃笑說：「那種慢騰騰的東西還抓不住我。」

在馮鴦眼中，懷眞一樣沒引炁，並不比沈洛年好，她正訝異，卻見沈洛年點頭說：「確實，妳去吧。」

卻是沈洛年突然想起，懷眞動作確實是自己見過最快的，若眞有什麼藤蔓網翻上來，八成包不住她，最不濟就是現形，也不用太擔心。

但見沈洛年這麼容易就同意，懷眞又不滿了，嗔說：「你都不會擔心一下的喔？」

「擔心什麼？」沈洛年翻白眼說：「不然我下去。」

「算了。」懷眞哼了一聲，妖炁極快速地一振，穿出了馮鳶的外炁，飄下下方那微微隆起的綠色穹頂。

因爲懷眞的動作非常快，妖炁一放即收，除沈洛年之外，馮鳶等人完全無法察覺，所以當發現懷眞穿過外炁圈，馮鳶還眞吃了一驚，忍不住咦了一聲。

懷眞落下穹頂，四面走了走，還跳了跳，果然一點反應都沒有，她隨即對上面招手說：「下來吧。」

七人落下，懷眞還在稱讚：「妳們也挺厲害的，居然想到上面是安全的。」

馮鳶笑著說：「小露說，這妖怪既然把抓到的人都包去中間，上面要穿過一層樹牆比較麻煩，建議我們試試。」

最小的那個女孩這麼聰明嗎？沈洛年看了一眼，對她點了點頭，小露和沈洛年目光一碰，隨即不大好意思地轉開頭，和別的女子相對偷笑。

「那些人應該在下面。」沈洛年走了幾步，突然停下說：「這下面有幾十個人喔，似乎是散開的，應該不大擠。」

「我們試試好嗎？」馮鳶突然說。

沈洛年連忙點頭，他可不知道該怎麼辦，總不能用金犀匕往下挖，這下面至少有一公尺厚，用金犀匕不知道要挖到哪一天，有人要想辦法，那是大大的好事。

馮鴦先請沈洛年退開兩步，六名女子商議了一下，轉回身，同時將右手舉在胸前，倏然一片外炁往外大片散開，不知道她們要做什麼。

沈洛年也是這時才注意到，她們散出外炁的器具，竟是右手食指上戴著的黑色金屬指環，難怪一直沒注意到她們使用匕首之類的東西，但這樣不就沒有尖銳、匯聚的凝聚效果了嗎？

不只如此，葉瑋珊、白玄藍使用的方式是凝聚壓縮，增強外炁的爆發力，並以之攻擊，這些女子外炁運用的過程中，卻完全沒有凝聚壓縮的動作，只散出在空間中，做出詭異的組織變化，並漸漸連合成一個用外炁編織的顛倒圓錐，這到底是怎麼回事？

懷眞拉著瞪大眼睛的沈洛年退開兩步，低聲說：「別猛看了，她們不是道武門的，使用的是咒術。」

「啊？」沈洛年吃了一驚。

「她們和你一樣，並非變體引炁，而是麒麟換靈，只是換的比率很低，所以很像變體引炁的人。」懷眞說。

竟有此事？沈洛年詫異地說：「一樣是換靈……爲什麼她們可以用外炁？我就沒炁可用。」

「那是麒麟之炁，因爲引入人體才帶了人類的炁息感。」懷眞白了沈洛年一眼說：「你也有啊，鳳凰之炁就是渾沌原息，只不過鳳凰的沒攻擊力，所以我才說讓鳳凰換靈，對人類沒什麼用……若你當時選時間變少，還有點小用，都怪你啦！人家等了三千年，就是被你害的！」

又開始算老帳了，沈洛年悶哼一聲，不再理會懷眞的聒絮，只望著六女凝成的倒立圓錐，卻見那兒氣氛迅速轉變，似乎正逐漸地變異，而六女口中吟詠哼唱著，右手隨著歌聲輕輕比劃，那團外炁逐漸成型，在空中開了一個怪異的開口。

倏然六人同時一揮手，一股燙人的熱流無端端從那大圓錐頂出現、聚集，跟著在圓錐束縛下，凝成一個比人稍寬的滾燙熱柱，對著正下方直衝，一眨眼就把這綠頂燒破一個大坑，還不斷往內深入，四面延燒，熱風激起的氣流不斷往外捲，迫得人直冒汗。

很快地底下大量妖炁匯集，抵擋著這股熱焰，若單論妖炁，這閉棘可比鑿齒強大許多，但也不知道是因爲這股焰火太熱，還是敵不過六人合力，很快地下方燒出了一個大洞，不斷往內延伸。

「其他的狀況下，這法門能用來攻擊嗎？」沈洛年低聲說：「雖然威力不小，但是在上面凝聚外炁時，別人早就躲開了吧？」

「傻瓜。」懷眞白了沈洛年一眼說：「有多少人能感受到那麼稀薄的外炁？這法門如果用來偷襲，可不好躲。」

「道武門不是也會用類似的法門聚集道息嗎？」沈洛年又說：「怎麼說她們一定不是道武門的？」

「聚炁、引炁，確實都是道武門的道術，不過看樣子也快失傳光了，沒剩下幾招。」懷眞說：「道術和咒術都以外炁施術，確實有類似的地方，不過道武門可沒辦法找麒麟來換靈。」

兩人對話的過程中，紅色熾焰不斷往下燒融，很快地燒開了個一公尺寬的大坑洞，直穿到底下，馮鳶輕輕一喚，六女同時收手，編織在空中的外炁圓錐倏然消散，那不知從哪兒引來的焰火也跟著消失無蹤。

可以了嗎？沈洛年和懷眞同時走近，往下觀察，透過仍有點灼熱的空氣，果見下方一群人正詫異地抬頭往上看，似乎不明白頭頂爲什麼突然被燒開一個大洞。

「快上來！」沈洛年對下面招手。

其實不用呼喊，已經有人迫不及待地御炁飄起，一個個往上穿出，但此時閉棘的妖炁突然大量匯聚到這洞口，周圍燒成焦炭的地方開始剝落，似乎又準備合起來。

幾個衝出的人見狀大驚，連忙用武器急砍，但這麼和妖炁硬碰硬，砍的效果卻也有限，眼看再過片刻，洞口說不定又被封起，馮鳶等六女商量片刻，又聚在一起，打算再多燒一個洞。

「等等。」沈洛年搖頭阻止了六人，走到洞口邊蹲下，兩手扶著洞口，他以心念控制著濃稠凝聚的渾沌原息，順著洞緣往外透出，泛成一圈，這麼一來，閉棘的妖炁一接觸原息馬上消散融入，這洞口自然也合不起來，還因爲妖炁消融，枝幹萎縮，讓洞口變大了些。

不到幾分鐘，裡面關著的四十多人，統統放了出來，其中還不乏高手，眾人七嘴八舌地詢問，但馮鴦雖然和氣，卻除了笑之外，其他事情都不大清楚，沈洛年身無炁息，出現在這兒雖然古怪，但他一副懶得說話的模樣，也沒什麼人想找他攀談。

懷眞周圍卻是圍滿了人，雖然她十句裡面倒有八句在開玩笑，不過眾人也不在意，沒多久，一大群男子就只顧著圍著懷眞諂媚，也不管這兒並不安全。

懷眞倒也挺享受這種氣氛，正隨意地一面胡謅一面到處撩撥，惹得每個人心裡發癢，突然看到沈洛年正在瞪眼，她噗嗤一笑，一轉話題說：「這附近妖怪不多，你們收斂炁息往西北走，別分開，很快就可以到海邊，我們還要繼續去救人呢，以後再聊。」

這話一說，一半是轟然應諾，另一半卻是拍著胸脯想做護花使者，懷眞搖搖頭，看沈洛年與六女已經在旁等候，她隨口告別了幾句，輕輕推開眾人，走到沈洛年身邊吐吐舌頭說：「幹嘛這麼臭臉？這不是來了嗎？」

沈洛年倒也沒生氣，只是被那股色慾之氣熏得渾身都不舒服，而且這群人中沒有賴一心等人，也讓他有點失望，他也不多說什麼，搖頭說：「走吧。」繼續向著地圖下一區奔去。

沈洛年等人一動，雖然大多數人聽話地往西北走，但也有人不死心地跟著追，不過馮鷰等人知道沈洛年的心意，主動收斂著炁息，在森林中三轉五轉之後，那些人很快就被甩開。之後，就沒再遇到其他受困的變體者，八人一路繞到了當時上岸的地方，發現已經將整個島嶼外圍繞了一圈，才停下腳步。

賴一心和葉瑋珊他們，若不是死了，就是陷在更裡面的地方，如果裡面很多鑿齒、閉棘那種妖怪，那可眞有點麻煩。

看沈洛年望著島內發呆，懷眞湊在沈洛年身旁，看看天色說：「挺晚了喔。」一面望了望六女示意。

沈洛年一怔，看看馮鷰等人，果然臉上都帶著倦意，不禁有點抱歉，點頭說：「大家休息吧，明早才繼續。」

馮鷰等人同時鬆了一口氣般地笑了出來，這才輕鬆起來，聚在一旁笑著聊著，彷彿出來玩的一群姊妹。

沈洛年傍晚休息時沒吃東西，他拿下背包對懷眞說：「妳這陣子吃什麼?」

「沒吃。」懷眞搖頭說：「我不需要進食，吃東西只是吃好玩的。」

「我可不行，看看這能不能吃。」沈洛年研究著手中那包野戰口糧，據說這東西可以變成熱騰騰的飯，倒不知該怎麼處理？

見沈洛年在月光下翻弄著那包鋁箔包，符宗那兒年紀最小的女子突然站起，走過來對著沈洛年微笑伸手，卻不發一語。

沈洛年一怔，見她望著自己手中的野戰口糧包直笑，沈洛年呆了呆，任她取去，女子一笑轉頭，往海邊走去，不知幹什麼去了。

這是幹嘛？沈洛年正迷惑，馮鶩卻走了過來笑說：「讓小露幫忙吧，那個要水才能加熱，我們傍晚也研究好久，你們倆一包就夠了嗎？」

「夠了，懷眞不吃。」沈洛年說。

「馮姊，來坐。」懷眞親切地拍拍身旁說。

姊個屁！妳這萬年老妖好意思叫人家姊？沈洛年暗暗好笑，不過懷眞總不能叫人家妹子或娃兒，也只好這樣叫了。

馮鶩笑說：「不打擾兩位嗎？」

「不會、不會。」懷眞笑說：「我有事情想請教妳呢。」

「怎麼啦？」馮鳶坐下，也笑咪咪地說。

「妳們幹嘛和道武門的人混在一起呀？」懷貞笑說。

馮鳶一怔，訝異地說：「妳怎麼知道我們不是？幫我們跟他們說說吧。」

「說什麼？」懷貞倒聽不懂了。

「我們說不是，他們硬說我們是啊。」馮鳶難得地皺起眉頭，有點委屈地說：「還要我們派人出來幫忙，可是那種打鬥法，我們不會呀，後來就要我們保護洛年小弟囉。」

原來是這樣？沈洛年和懷貞對看一眼，都覺得有點好笑，沈洛年正暗暗搖頭，懷貞已經接口說：「如果妳們不出來，那他們會怎麼對付妳們？」

「沒有啊。」馮鳶說：「他們就一直說我們該出來，就只好來了，還幫我們取個符宗的名稱。」

這些大姊也未免太好欺負了，洛年忍不住瞪眼說：「不想出來就不要出來啊。」

馮鳶一驚，有點畏懼地看著沈洛年說：「我們……不習慣吵架。」

沈洛年倒是一呆，這大姊也好幾十歲了吧，怎麼有些地方還像個沒見過世面的小女孩？

懷貞倒已經想清楚了，搖搖頭說：「大概道武門派去的說客，天生對樂和之氣比較有抗力，而她們彼此互相感染開心慣了，遇到的人都對她們很好，不習慣應付這種人，馮姊，妳們

一群女巫盡量不要分開，只有一個人的話，效果便弱了。」

「我們知道盡量不要分開……樂和之氣是什麼？」馮鳶說。

「就是妳們這種氣質。」懷眞笑說：「應該是做了什麼儀式或動作之後，才取得這種氣質和能力的吧？」

「妳眞的都知道耶。」馮鳶詫異地看著懷眞。

「這次的事件結束之後，妳們別蹚渾水了，早點回去，守好神體。」懷眞笑容收起說：「短則數月，長則一年，天地必有異變，妳們這族守了他三千多年，他一定會報答妳們的。」

「什麼三千年？誰報答我們？」馮鳶迷惑地說。

「你們的神啊，麒麟。」懷眞笑說。

「麒麟……」馮鳶似乎不大相信，遲疑地說：「那不是漢人的神獸嗎？」

「我就只說到這樣了。」懷眞眨眨眼說：「信不信就由妳啦。」

馮鳶呆了數秒才說：「可以回去的話是最好了，可是我們不知道怎麼回去……這兒離雲南很遠吧？我們也飛不過大海的。」

懷眞一愣，推了沈洛年一把說：「這交給你了，怎麼辦？」

幹嘛交給我？沈洛年瞪眼低聲說：「喂！關我屁事！」

「別這樣啦。」懷眞低聲說：「她們的神，說不定和我有交情，幫點忙。」

「嘖。」沈洛年不是不幫，而是不知道該怎麼幫，只好對馮鴦說：「我也不想在這多留，等救了人之後，我們一起想辦法離開。」

「好啊。」馮鴦高興起來，忙說：「謝謝、謝謝。」

「別急著謝，還不知道能不能成。」沈洛年忙搖手，到時候只能去拜託劉巧雯看看了，不過總門的人會這麼容易就答應嗎？

過不多久，小露笑吟吟地拿著熱好的食物過來，沈洛年剛接過還沒道謝，小露已笑著跑開，沈洛年也就罷了，低頭研究起食物。

沒想到在野外還能吃到熱騰騰的米飯，雖然吃起來似乎也不怎麼樣，總也差強人意，沈洛年拿著裡面附上的湯勺，一口口吞，一面挑開混在糯米內的紅豆，突然懷眞目光一轉，望著南面說：「那邊怪怪的。」

不久，沈洛年也感覺到了，不只沈洛年，連馮鴦等人都緊張地站了起來，似乎有一大群妖炁正一面衝突一面往這方向跑，而且速度十分快，看來不用多久就會到這附近。

這是怎麼回事？沈洛年顧不得才吃到一半，連忙揹起背包說：「快躲。」

但這兒是海岸，雖不是一片平坦，卻也沒什麼地方好躲，眼看對方越來越近，懷眞神色也凝重起來，她突然開口說：「後面追趕的是鑿齒，我們到海裡去。」

眾人還沒來得及回答，突然森林中轟隆隆地衝出了十幾隻高達三公尺、牛頭人身的巨大人形妖怪，正大跨步地往外奔，而後面百多名鑿齒則是一面怪叫一面追，牛頭人身子十分沉重，每一下踩到地面都是一個巨大的腳印，但速度卻是不慢，兩方都運足了妖炁，一眨眼就奔出了森林，而他們哪兒不跑，正對著沈洛年等人衝來。

媽啦！這群混帳牛不能換個方向嗎？沈洛年心中暗罵，嘴巴可沒空抱怨，當下扔下晚餐，帶著眾人向海邊奔了過去。

ISLAND

你都不會吃醋啊？

奔沒兩步，酖族六女同時飄起，一面把沈洛年和懷眞帶了起來，八人飄到海面上不遠處，暫且凝定，卻見牛頭人已奔入海中，後面鑿齒也已經御炁飄掠，從空中飛向牛頭人，不過牛頭人卻不逃了，他們聚在一處，十幾雙巨掌往下一捧，大片海水同時往空中灑去，逼著鑿齒連忙轉向回飛，站在海邊怪叫，牛頭人卻也不示弱，跟著哞哞怪叫。

「快溜吧。」沈洛年低聲說。

馮鴦點點頭，八人沿著海岸繞，想從別的地方上岸，不過他們似乎已經被鑿齒注意到了，馬上有三十多名鑿齒沿著岸追，準備等眾人上岸。

八人跑外圈，他們跑內圈，這樣賽跑可不划算，而外炁雖然能托體飛行，但並不是眞能長久停在空中，偶爾還是需要點地納炁，讓不斷從體外往戒指凝聚的炁息稍微舒緩，才能繼續飛起，六女協力雖然可以飛更久，也不能都不落地。馮鴦飛著飛著，不知該怎辦，只好回頭問：「繼續飛嗎？」

「落海休息一下？」沈洛年問。

「不行。」懷眞說：「一落下，鑿齒就衝來了，他們不純然是內聚之體，勉強也可以御炁飛騰幾秒。」

「我們也潑他們水呢？」馮鴦手一指，一股浪花打起，向岸上噴去。

這可把鑿齒嚇了一跳，一面怪叫一面後退，似乎不敢太接近海岸。

這可好玩了，六個女子對望一眼，眼睛同時亮了起來，八人當即向著岸邊接近，只見六人外炁一帶，大片海水往內亂灑，彷彿下雨一般，她們散出的外炁雖然不凝聚，不適合直接攻擊，但單純灑個水可沒什麼問題。

這下逼得鑿齒往後急逃，不敢再堵著八人，就算看到八人落在岸邊，也不敢貿然接近。

酖族的女子這時和懷眞早已笑成一團，正得意的時候，突然聽到幾聲「哞哞」怪叫，眾人一呆，卻見那些牛頭人正望著八人，其中一隻牛頭人不知正叫著什麼。

「這些『牛首妖』想要你們幫忙，要不要幫？」懷眞笑說。

這牛頭人原來叫「牛首妖」啊？沈洛年對懷眞聽得懂「牛語」也不很意外，只說：「他們是好妖怪嗎？」

「基本上不大會主動和人衝突。」懷眞說：「不過脾氣很大，惹火他們的話也挺麻煩。」

「那就隨便了。」沈洛年聳肩說：「反正鑿齒似乎是壞蛋。」

對酖族六女來說，灑水驅趕鑿齒倒是挺好玩，反正也沒眞的傷了對方，於是六人笑咪咪地帶起海水騰空飛灑，逼著那百多名鑿齒一面怪叫一面逃回森林。

看樣子暫時不敢過來了？眾人還沒來得及放鬆，那身子沉重的十幾隻牛首妖，正大步上岸，一面彼此怪叫個不停。

沈洛年等人對這些巨大妖怪可還沒放下戒心，稍稍退開了兩步，這些牛首妖倒不進逼，看著沈洛年等人的神色也挺和善，其中一名還不斷地怪叫，似乎正對他們說話。

雖然言語不通，但對方有沒有惡意，沈洛年倒可分辨得出來，他放輕鬆了些，仔細一看，這些牛首妖臉上那對圓圓的巨大眼睛，配上只比眼睛略小的大鼻孔，長相其實還頗和藹可親。

不過那魁梧的身材實在有點恐怖，基本上把一個全身肌肉墳起的壯漢，所有比例放大兩倍，大概就是牛首妖的模樣，除此之外，他們牛頭下的肩脖處似乎格外發達，對上那對粗大的牛角，隆起的額頭，若是被他們撞上一下，恐怕誰也受不了。

「他們不會說人話嗎？」沈洛年對懷眞說。

「要跟你說幾次？發聲結構基本上就不同，想說也說不出來，人語只有龍首和人首可以自由運用。」懷眞白了沈洛年一眼，突然用一種重濁腔調，對牛首妖說了一串話。

牛首妖搖了搖頭，又怪叫了幾聲，一面指了指島內。

「他們說謝謝我們幫忙，又說要回去打仗。」懷眞回頭扮個鬼臉說：「還問我們要不要去。」

「誰要去！還有，妳會說牛語？」沈洛年說：「不是說結構不同嗎？」

「我說的是古漢語，這些當年也在東地生活的妖怪，大多聽得懂……其實如果你說簡單一點，他們也可以聽懂，妖怪學語言很快。」懷貞說完，又回頭和牛首妖說了一串話。

兩方一陣對答後，懷貞突然皺眉回頭，她表情古怪，似乎聽到了什麼怪誕的事情，遲疑了一下才說：「牛首妖說，島內有人類幫他們和鑿齒打仗。」

「嗄？」沈洛年一呆。

「牛首妖以爲我們和那些人是一夥的，才問我們要不要進去。」懷貞好笑地說：「居然有這種人，妖怪打架跑進去湊熱鬧。」

沈洛年不知道爲什麼，總覺得如果眞有人幹這種傻事，八成就是賴一心那傢伙，他抓了抓頭才說：「懷眞，妳幫忙問問，那些人爲什麼不退出來，還有這幾個牛首妖跑出來幹嘛？」

「他們語言單純，很難問太複雜的事。」懷眞皺皺眉，想想才又對牛首妖開口，兩方又對答了片刻，懷眞才說：「他們被很多鑿齒圍住了，出不來，這些牛首妖是突圍出來，想帶鑿齒最怕的海水回去。」

沈洛年一怔說：「他們怎麼帶？能帶多少回去？」

兩人目光轉過，卻見牛首妖們正紛紛彎腰，以雙手捧起一大捧海水，但他們隨即發現海水正從指縫慢慢往外漏，當下一個個大驚失色，又捧了好幾次，但始終沒法留下多少海水。

懷眞忍不住偷笑說：「他們似乎沒想很多就來了。」

沈洛年也不禁想笑，但想到賴一心的事情又笑不出來，救人不打緊，自己也陷入危險，可就不划算。沈洛年忍不住罵：「要是他們眞的陷在裡面，我可不管，媽的，回家算了。」

懷眞眼看牛首妖還在捧水，便說：「那就叫牛首妖自己回去囉？」

「等等。」沈洛年皺眉說：「我們去戰場外圍看看，確定一下，說不定裡面不是他們，我們還得去別的地方找，裡面如果是他們，我也不管了！」

「喔？」懷眞眨眨眼，去找牛首妖談了。

「馮鶱姊。」沈洛年轉頭說：「裡面有點危險，我和懷眞去就好了。」

「我們答應要保護你，若是你出了事，我們怎麼好意思回家？」馮鶱笑說：「而且你不是說只去外圍看看嗎？怎會危險？」

「呃……」沈洛年一呆，卻不知該怎麼反駁。

懷眞過去的時候，牛首妖們因爲捧不起水，正在生氣，懷眞和他們說了幾句，他們遲疑了一下，最後終於放棄了海水，領著眾人往島內奔。

牛首妖不用收斂妖炁，毫無顧忌地快速往內衝，沈洛年可追不上，多虧馮鶱等人再度把兩人托起，從後方飄飛追逐，才沒被牛首妖甩掉，雖說事實上讓懷眞自己跑可能比牛首妖還快，不過在馮鴦眼中，懷眞也未引炁，自然連她一起帶著。

有牛首妖開路，敢阻擋的妖怪可不多，爲了追擊這十幾隻牛首妖，鑿齒就派了近百人追出來，就算是練了炁訣的人類，恐怕也打不過他們。

不過這麼聲勢浩大、運足妖炁地往回跑，豈不是等人埋伏嗎？沈洛年還沒想清楚，牛首妖卻是越奔越快，彎低著身子直衝，有時候遇到人粗的莖幹，就這麼運足妖炁，腦袋直接撞了過去，沈洛年看了不禁心驚，難怪這些牛首妖想衝出來就衝出來，這種威勢，鑿齒又怎麼阻攔得住？

也就是說，他們想衝回去也沒什麼問題？沈洛年還沒想得很清楚，已經感受到前方大片鑿齒的妖炁正從左右包圍過來，沈洛年正想叫停，突然暗叫糟糕，眾人以外炁跟隨，對方想必早已注意到自己八人，就算這時收斂炁息，也逃不過這麼大片的追捕，所以……也就是說……

沈洛年還在想，眼前已經出現數百名的鑿齒，從四面八方包來，牛首妖似乎更興奮了，越跑越快，領先的那隻牛首妖，對著擋路的鑿齒盾牌一頭就撞了下去，鑿齒怪叫一聲往外翻飛，這牛首妖的動作也稍慢了半分，但第二隻牛首妖隨即衝上前，把下一隻鑿齒撞飛，就這麼一隻接一隻，十幾隻牛首妖排成個箭頭，輪番衝刺，硬生生在這大群鑿齒之間開出一條路來。

只見前方鑿齒被撞得四面亂飛，周圍的鑿齒氣得哇哇亂叫，不少人更是飛上空中，要來對付後面的沈洛年等人，但酖族那六女這時同時出手，一道道外炁編織成圈往外拓，那些外炁圈和敵方接觸之前，圈中會突然爆出一股不知從何而來的凝聚力量，彷彿大盾牌一般地往外砸，雖然沒什麼強大攻擊力，卻把來襲的鑿齒一個個彈開。

這又是什麼？沈洛年忍不住吃驚地東張西望，只見這六名酖族女子分成六面，快速揮出炁圈，把數十名敵人擋在外面，居然顯得十分輕鬆愉快。

「道術就是這樣。」懷眞低聲說：「可以預先儲存強大的力量使用，但這力量取出需要時間準備，這個術法她們能施得這麼快，代表花了很多時間練習這個法門。」

沈洛年點頭讚歎說：「能自保又能攻擊，很不錯。」

「才不好。」懷眞卻搖頭：「這根本傷不了人，這些女巫心太軟了。」

兩人說這幾句話的時間，前方豁然開朗，一個被水環繞的河間土丘出現在眼前，而那些鑿齒卻都不追了，遠遠地在河另一側的森林處叫囂。

現在是……飄過河道的沈洛年注意力一轉，目光往丘內望去，月光下看得清楚，近百隻牛首妖正從丘頂的小森林走出，而在牛首妖身旁不遠，那十個人類……媽的，果然是他們！一定是賴一心那傢伙把大夥兒一起拖下水的。

咦，不對！沈洛年四面一望，詫異地對懷眞說：「我們已經跑進戰場了？」

「你現在才知道？」懷眞眨眨眼說。

沈洛年吃驚地說：「我不是說要先在外面看看嗎？妳怎麼不跟牛首妖說快到的時候停一下？」

「這麼複雜的話他們聽不懂啦。」懷眞不負責任地說。

沈洛年頭疼起來，外面包圍著滿滿的鑿齒，這下怎麼回家？但眼看著站在一起微笑的賴一心、葉瑋珊，看不出歲數的黃齊、白玄藍，寡言的奇雅、豪爽的瑪蓮，想當盾牌的黃宗儒，愛開玩笑的侯添良、張志文，還有那個只有身體長大的娃兒吳配睿，這許多張熟悉的面孔，都充滿了驚喜開心的表情……沈洛年一時之間，倒也不怎麼後悔了。

緊接著，幾個男子發現懷眞，那開心的情緒，很快就多了一股愛慕的氣味，沈洛年一怔，沒好氣地說：「妳沒事就待在馮鴦姊她們旁邊吧。」

「爲什麼？」懷眞訝異地說。

「她們似乎會抑制一般人的愛慾之念。」沈洛年說：「妳躲她們圈子裡面比較好。」

「啊？不要啦。」懷眞噘嘴說：「那樣就不好玩了。」

「還玩？」沈洛年瞪眼說：「都不知道有沒有命出去呢……」

懷眞卻只哼了一聲，這樣算答應還是不答應，沈洛年可也不清楚。

兩方終於相會，牛首妖哞哞聲吵成一團自不在話下，沈洛年這邊則是眾人相見，加上懷眞出現的驚喜、介紹酖族六女等事情，可也花了好一番工夫。

兩方介紹完畢之後，沈洛年第一件事就是找人算帳，想問出跑到這裡面的原因。

原來三天前，賴一心等人被派到島上，一面搜妖一面挺進，那時妖怪剛出現，鑿齒、牛首妖這些群聚型妖怪，大多在島上各自分散，還沒匯聚一處，賴一心這組殺了一些走散的鑿齒等妖怪後，漸漸深入島中，卻突然發現兩隻牛首妖被十幾隻鑿齒圍攻。

經過一番討論後，他們決定援助牛首妖、擊退鑿齒，沒想到這麼做了後，便和牛首妖成了朋友，兩邊比手畫腳片刻，牛首妖帶著他們往內衝，就這麼衝到了這座山谷，卻不料這兒最後成爲戰場，眾人也就留下了。

沈洛年聽到這兒，忍不住指著賴一心叫：「幫牛首妖打架，一定是你出的主意對不對？亂來！」

賴一心咧開嘴，尷尬地笑說：「你怎麼知道？這樣很棒啊。」

「我怎麼會不知道！」沈洛年忍不住說：「你們怎麼都隨他啊？不怕跑進來危險嗎？」

眾人面面相覷，都說不出話，其實他們也不知爲什麼，總覺得頗難拒絕賴一心，事實上這群人中，唯一會和賴一心唱反調的，一直也只有沈洛年，只不過他不常出現，效用不大。

白玄藍見狀，開口打圓場笑說：「洛年，一心也有他的道理……你倒說說怎麼突然來了？不是說不來嗎？」

「因爲懷眞跑來了。」沈洛年頓了頓說：「我不放心就來看看，後來聽說你們失陷了，就出來找找。」

「咦？」懷眞忍不住說：「你明明說……」

「好啦。」沈洛年止住懷眞說：「反正都到這邊了。」

懷眞白了沈洛年一眼，皺皺鼻子，不說話了。

不過眾人聽到沈洛年的言語，卻露出意外的神色。白玄藍開口說：「我們失陷了是什麼意思？當時並沒有要求我們馬上回去啊，我們帶了一星期的食物呢。」

「你們不是出不去嗎？」沈洛年詫異地說：「兩天前那次五千人入島，失陷了兩千多人，我今天找半天只找到了百多人，其他人一點氣息都沒有，恐怕都死了。」

白宗眾人似乎完全不知道這事，十個人臉上都露出吃驚的神色，隔了片刻，瑪蓮突然哈哈一笑說：「洛年小子，你是在開玩笑吧？」

這話一說，眾人都鬆了一口氣，侯添良跟著笑說：「幹，我還以爲眞的，洛年你那臭臉不適合開玩笑。」

「洛年不要嚇人啦！」吳配睿也嚷：「什麼死了兩千人。」

這群樂天的傢伙，沈洛年大皺眉頭說：「我說眞的。」

「洛年沒開玩笑呦，鑿齒到處打獵，活人眞的不多了。」懷眞也笑著說。

眼看眾人還不相信，馮鴦也跟著說：「眞的。」

這下眾人可有點笑不出來了，一直沒開口的葉瑋珊突然說：「其實我也想過，一般小組可能應付不了這麼多強大的妖怪，但沒想到損失會這麼嚴重……原來外面沒剩多少人，難怪鑿齒都聚集到這兒了。」

「既然這樣，還是先出去吧？」白玄藍說。

「也好。」賴一心也點頭說：「反正想進來隨時可以進來，明早天亮就出去。」

這話什麼意思？沈洛年吃驚地說：「你們意思是想出去隨時可以出去？」

「應該可以吧。」賴一心笑說：「你們不也是闖了進來？」

能進來得這麼順利，除了因爲牛首妖開道之外，還因爲那六名酖族女子在防禦上十分強悍，沈洛年想到這兒，不禁看了黃宗儒兩眼，這個一心想當隊伍盾牌的矮胖子，會不會也有驚人之舉？

「其實有點捨不得出去呢。」瑪蓮突然嘿嘿笑說：「我還想到更裡面看看，不知道會不會更猛一些。」

「對啊。」吳配睿跟著嚷：「裡面舒服。」

接著張志文、侯添良等人也跟著點頭。

什麼意思？沈洛年滿頭霧水看著眾人。

「你們這樣說，洛年聽不懂的。」葉瑋珊說：「洛年，和炁息含量有關。」

「洛年你看！我們變強了喔。」吳配睿突然一揚大刀，放在沈洛年面前不遠，她的內炁往外灌注，逐漸集中在刀面，越聚越多，這時奇怪的事情發生了，刀面上竟隱隱透出一抹熾焰紅芒，彷彿裡面有火焰流轉，在這深夜暗影中格外清晰。

「這是什麼？」沈洛年果然吃了一驚。

「我也有、我也有！」侯添良拔出武士刀，內炁往外凝住，刀刃上帶出一抹旭日橙黃，竟比吳配睿的還要顯眼，侯添良還得意地說：「漂亮吧？」

「兩個愛現的。」抱著雙手巨劍的張志文，在旁邊取笑說：「我的黃比阿猴的黃好看多了。」

「幹，哪邊不同了？明明一樣黃。」侯添良瞪眼。

「我的劍大支啊。」張志文忍不住也灌上內炁，果然馬上泛出大片黃色，十分醒目。

「大支浪費內炁。」侯添良哼了一聲說。

這是怎麼回事，沈洛年詫異地說：「每個人都有嗎？」

「到了這兒，我們能凝聚的炁息提升之後才出現的，有點像光譜的分布。」葉瑋珊娓娓說：「由紅一直到紫，爆訣的炁色偏紅，宗儒的全凝是深紫。」

所以侯添良的輕就是黃？那柔是綠嗎？沈洛年不禁望向賴一心，賴一心一笑，立在身側的銀槍頂端，果然漾出一泓秋水般的碧綠。

「你們覺得鑿齒不難對付，對不對？」懷眞突然笑說。

「對啊。」張志文說：「既然強敵主要是鑿齒，怎會死這麼多人？」

「因爲你們變強了呀。」懷眞以人類的說法解釋：「這兒道息比外面濃厚許多，你們引入的炁息增加了。」

「那鑿齒沒變強嗎？」張志文又問。

「鑿齒的強度差不多就這樣了，不能變更強。」懷眞說：「明天突圍的時候，只要跑出幾公里，這些炁息光芒馬上就不見，也會開始覺得鑿齒不容易應付……要是有幾十、上百隻鑿齒追出去，靠你們十個想跑到海邊，恐怕不容易，這一點你們若沒搞清楚，明天會危險的。」

在眾人一片靜默之下，懷眞又說：「不然你們以爲牛首妖爲什麼帶你們進來？我猜那天，大部分隊伍都在外面就被鑿齒或其他妖怪殺了，眞的像你們一樣深入島內的人反而比較不怕鑿齒，不過裡面到處都有別的強大妖怪……你們是恰好和牛首妖交上朋友，這才有容身之地。」

原來活著還是因爲運氣不錯？這下眾人才知道害怕，一時都說不出話來。

葉瑋珊思忖了片刻，突然一驚說：「已經失陷了這麼多人，又這麼危險，他們居然只讓你們八個人到島上救人？你們……這樣還敢來？」

「我不是救人隊伍的。」懷眞聳肩轉頭說：「我是自己在外圍到處逛逛，和洛年在島上遇到。」

媽的，臭狐狸說這話是什麼意思？沈洛年正皺眉，馮鴦已經接口說：「其實本來比較多人，不過洛年說人少方便。」

「這個……因爲馮姊她們六個特別擅於防守，有她們幫忙就夠了。」沈洛年只好說：「我們躲著妖怪走，也不大需要戰鬥。」

「可是洛年，你好幾次都不想讓我們跟呢。」馮鴦笑說。

這大姊怎麼找這時候算帳？沈洛年一呆，這可不知該如何解釋了。

「幹，洛年你原來打算一個人進來？」侯添良咋舌說：「果然不怕死。」

「剛剛還說一心亂來……」葉瑋珊忍不住皺眉說：「你這人……才眞的亂來。」眾人紛紛點頭，深表贊同。

爲什麼會變成這樣？沈洛年大皺眉頭，搖手說：「睡覺吧，明早我們想辦法衝出去，我還要回學校註冊呢。」

這話和現在的氣氛實在不大搭，眾人都呆了呆，過了幾秒，瑪蓮才忍不住笑說：「靠，你還要唸書啊？」

「啊？」沈洛年一呆，有什麼不對嗎？

「沒注意到嗎？」瑪蓮右手扛著厚背刀，左手一攤說：「這兒集中道息的力量萬一消失，整個世界可能就都會變這個樣子耶，鑿齒和很多妖怪到處亂跑，到處殺人，能不管嗎？還能唸多久書？」

其實沈洛年不是不知道，只是刻意一直不去思考，但這時被瑪蓮這麼當場揭破，沈洛年只能說：「要怎麼管？」

「這就是道武門聚集道息的目的啊！」葉瑋珊說：「趁著妖怪集中在一處，派有能力應付妖怪的人，盡量把妖怪清除，日後就算道息擴散，也能降低傷害。」

「不過有些妖怪可以交朋友，這消息也要傳回去。」賴一心忙說：「比如牛頭人就該可以和我們共存。」

「回去再說吧。」沈洛年頭大了，他一頭大就沒耐性，搖頭說：「反正我打不過妖怪，不回去唸書幹嘛？難不成天天有人要我救？我去睡覺，今天累死了。」

說完，沈洛年也不等別人反應，先一步找個沒人的地方窩著，閉眼躺下。

過了片刻，沈洛年半睜開眼睛瞧了瞧，見馮鴦等人也已經找了地方休息，看來今天她們也真的累了，不過賴一心他們倒不累，居然還圍著懷眞說個不休。

那十人中，有一半沒見過懷眞，突然看到這樣一個美人出現，有這種反應難免，而見過的一半又有四個是男人……想到此處，沈洛年微微坐起，仔細看了看黃齊，見他望著懷眞的表情中，除了驚艷與欣賞之外，倒沒有色慾之心，沈洛年這才稍微放心了些，看來不會搞得人家恩愛夫妻反目。

懷眞說得沒錯，若有眞心喜歡的對象，不會隨便被她所吸引……那賴一心呢？爲什麼也會被吸引？沈洛年轉過頭，恰好和坐在人群外、神色有些黯然的葉瑋珊目光相對，沈洛年一驚，連忙轉頭，卻感到葉瑋珊正緩緩站起，向著自己走來。

媽的，是禍躲不過。沈洛年只好睜眼支起身子，看著在自己身側坐下的葉瑋珊。

葉瑋珊看著沈洛年，似乎一時不知該怎麼措辭，只笑了笑說：「沒睡著？」

雖然是笑容，但沈洛年卻看不出一點笑意，只感覺到她的煩惱和迷惑……沈洛年嘆了一口氣說：「心煩什麼？」

葉瑋珊沒料到沈洛年開口就是這句話，一怔說：「怎……怎麼？很明顯嗎？」

「也不是。」沈洛年說：「那……我幫得上忙嗎？」

「不是因爲你而心煩。」葉瑋珊微微搖了搖頭，那股煩惱還似乎眞的淡了些，她輕笑說：「我是想問你件事情。」

「嗯？什麼事。」

「你是不是很討厭我啊？」葉瑋珊帶笑說。

「啊？」沈洛年一驚坐起，不明白葉瑋珊的意思。

葉瑋珊似乎覺得說得不夠清楚，補充解釋說：「我指的是，單純朋友關係上……」

妳喜歡誰我可清楚得很，不會想歪的！沈洛年沒好氣地說：「我知道，但爲什麼這麼說？我沒討厭妳啊。」

「我們認識也有半年了。」葉瑋珊說：「我總覺得，我拜託你做的事情，你總是不肯，但實際上你只是不答應我，其實還是願意的，如果別人拜託你，說不定就可以。」

自己給她這種感覺嗎？沈洛年一時說不出話來。

「比如加入道武門、之後的隨我們小組行動、去南部捕妖，到最近這次……來噩盡島，只要我要求的，你似乎都不願意。」葉瑋珊頓了頓說：「我有時候會覺得，如果不是我來問，會不會比較好……既然你願意爲了我們而來，應該不討厭其他人，那也許就是因爲我……」

眼看沈洛年沒開口，葉瑋珊遲疑了一下，想想又說：「剛認識時，我曾經不是很喜歡你，但後來我慢慢知道那是誤會，你不是我想的那種樣子，我在想，是不是那時候，曾經有什麼態度讓你不愉快，如果是的話……」

「等……等等。」沈洛年截住了葉瑋珊，有點頭痛地說：「妳是不是想太多了？」難怪她上次電話中吞吞吐吐，看來那時她已經冒出這種怪想法了。

「不……不是嗎？」葉瑋珊微微一怔。

「剛剛他們要我幫忙殺妖怪救人，我不也拒絕嗎？」沈洛年說。

「不是因爲我在這兒嗎？」葉瑋珊說。

「喂！」沈洛年瞪眼說：「妳這樣很要不得喔。」

「怎……怎麼？」葉瑋珊一怔。

沈洛年說：「妳老是以爲什麼事情都是自己的錯，這很糟糕，上次打鑿齒也是，總怪自己沒飛起來，怎不怪一心忘了提醒妳飛？」

葉瑋珊詫異地說：「怎麼……可以怪到他身上？」

「怎麼不可以，他不是負責教人打架嗎？妳又怎不怪宗儒嚇得傻掉？」沈洛年問。

「他當時還沒變體啊，會怕很正常。」葉瑋珊微微皺著眉，嘟嘴說：「又不是每個人都像你一樣不怕死。」

「我……」沈洛年差點嗆到，他本不是口齒伶俐的人，一時也不知該怎麼解釋，頓了頓才說：「總之，我覺得妳不管從哪個角度來看都很好，別再把莫名其妙的事情都怪到自己頭上。」

葉瑋珊聽著聽著不禁有點臉紅，她低下頭遲疑地說：「你……別這麼說。」自己剛剛好像說了些讓人害羞的話？沈洛年這下可也有點尷尬，當下忍不住惱羞成怒地罵：「媽的！總之我不會討厭妳，就這樣。」

見沈洛年突然爆出一句粗口，葉瑋珊不禁呆了呆，說不出話來。

「我倒想問妳。」沈洛年卻突然說：「剛認識的時候就不提了，我知道妳後來不討厭我，但也說不上欣賞，何必這麼委屈自己，還來找我道歉？」

「因爲……有你在的話，就像多了個探測器，對我們幫助很大。」葉瑋珊停了幾秒才接著說：「一心又總是喜歡冒險，如果只是道個歉，隊伍就能更強一點的話……」

「正確的做法該是叫他不要冒險吧。」沈洛年頭痛起來，忍不住說：「喜歡一個人，就該隨他胡搞嗎？」

雖然開葉瑋珊和賴一心玩笑的人不少，但通常都還留有餘地，但此時沈洛年卻是毫不客氣地挑明著說，葉瑋珊一下沒得轉圜，她整片臉紅到耳根，想轉身就走，又怕誤了事，氣得她咬牙說：「你……一定要欺負我嗎？」

她何苦為了賴一心，委屈求全到這種地步？賴一心對她又如何呢？沈洛年看著葉瑋珊羞窘交迫的情緒，突然有點替她難過，嘆了一口氣說：「我只是看不下去，是我多事，抱歉。」

葉瑋珊聽到這句溫柔的話，不知為何突然鼻頭一酸，眼淚滴了出來，這下兩人都愣住了，葉瑋珊急忙找東西抹淚，但這迷彩服可不是平常的衣服，當然沒放著手帕、紙巾，她掏了兩掏找不到，連忙用手抹。但這一刻淚水的閘門就像被打開了一般，完全止不住，葉瑋珊抹了幾下沒用，也只好放下手不管了。

當此情景，沈洛年自然不敢吭聲，葉瑋珊卻也不肯說話，隔了好片刻，她的淚終於才停了下來。

「我該怎麼辦？」葉瑋珊突然說。

「啊？」這話沒頭沒尾，沈洛年聽不懂。

「我知道他只當我是好朋友。」葉瑋珊低聲說：「但我也只能做這些事，除此之外，我不知道我還能做些什麼……」

沒搞錯吧？找我商量感情問題嗎？我們交情什麼時候變這麼好的？沈洛年瞪大眼睛，吞了吞口水說：「妳……妳……」

「你不會取笑我吧？」葉瑋珊抬起頭說。

「當然不會。」沈洛年頓了頓說：「但……我沒想到……」

「你知道嗎？瑪蓮也喜歡一心。」葉瑋珊突然說：「所以我也不能和奇雅、瑪蓮商量，小睿又還不懂事，只知道湊熱鬧……」

瑪蓮喜歡賴一心？難怪那天走光臉紅成那樣，媽的，長一副娃娃帥哥臉可眞是佔盡便宜啊！奇雅會不會也湊一腳？再加上小睿的話，剛好湊一桌麻將了，沈洛年驚上加驚，張大嘴巴說不出話來。

葉瑋珊想想又說：「反正被你惹哭，臉都丟光了，也沒什麼不能說的，而且你不像多話的人。」

沈洛年瞪眼說：「我以後再也不敢跟妳道歉了，誰知道妳會哭？」

葉瑋珊一聽，忍不住笑了出來，輕輕搖頭說：「才不是這樣。」

「不然呢？」沈洛年說。

「我只是發現……原來你也在關心我，一時感動才哭的。」葉瑋珊笑睇了沈洛年一眼說：「我以爲你誰都不關心呢。」

總之多說多錯，沈洛年閉上嘴巴不吭聲了。

「那你要幫我出點主意嗎？」葉瑋珊微紅著臉，羞笑說。

喂！別得寸進尺，我可不想當妳的姊妹淘。沈洛年翻白眼說：「不要。」

葉瑋珊也只是隨口說說，並沒眞想從沈洛年口中聽到什麼建議，她望了望人群說：「這麼多人圍著懷眞姊，你都不會吃醋啊？眞這麼安心嗎？」

啊勒？沈洛年終於明白葉瑋珊爲什麼會這樣說話，原來把自己當成有戀愛經驗的前輩了？而且是很沒有威脅的前輩，沈洛年停了幾秒，最後板著臉、閉上眼說：「晚安。」

葉瑋珊一愣，噗嗤笑了出來，搖頭說：「至少我現在確定，你不是特別討厭我了……對不起，打擾你睡覺，晚安了。」說完她帶著微笑，轉身離去。

過了幾分鐘，沈洛年偷偷張開眼，往外望了望，見那兒的人群已經解散，賴一心和黃宗儒等四個男孩，正比手畫腳不知討論什麼，瑪蓮、奇雅、吳配睿、葉瑋珊等女孩則聚在一處，黃齊和白玄藍找了一個大草根靠著，閉著眼睛肩靠著肩相倚著，也不知道睡了沒……只有懷眞不知跑到哪兒去了。

跑掉最好。那狐狸耳朵很尖，若讓她聽到剛剛的對話，說不定又來消遣自己；沈洛年正打算重新睡下，目光一轉，卻見吳配睿正一臉好奇偷看著自己，兩人目光一碰，吳配睿似乎嚇了一跳，連忙轉身躺下，不敢多瞧。

剛剛和葉瑋珊說話，若是給這小女孩留意到了，又是一個麻煩，沈洛年躺下一面想，總之和人混在一起麻煩就很多，得想辦法離這些人遠些，那就沒煩惱了，至於守夜、輪值之類的事，自然有人會處理，自己不用理會。

剛迷迷糊糊有點想睡，身旁突然擠了一個人，沈洛年皺起眉頭，一面把那柔軟的身軀推開些，一面低聲說：「這兒人多，別這樣。」

懷眞輕輕一笑，順著沈洛年的意思躺開了些，一面說：「那個一心弟弟，還眞有點異想天開。」

「怎樣？」沈洛年說。

「剛問了問我才知道，他們一直留在這兒，是想靠著牛首妖的幫忙，把鑿齒殺光。」懷眞說：「眞是天眞，鑿齒確定打不贏還是會逃的，哪會傻在這兒等他們殺光？」

「大概是想能殺多少就殺多少吧。」沈洛年想想又說：「妳去和女生擠吧，幹嘛黏著我？」

「你以爲女生就不會對我心動嗎？」懷眞吃吃笑說：「還是你要我讓她們都作個好夢？」

「妳可別讓這些人亂作夢。」沈洛年吃了一驚，坐起說：「我不是開玩笑喔。」不要搞得明天起床大家爲了搶女人打起來。

「知道啦，認識的我不會亂施術，省得有麻煩。」懷眞笑說。

「知道就好。」沈洛年這才躺回去，剛閉上眼睛，沈洛年又突然想起一事，他低聲說：「一直有件事情要問妳，渾沌原息可以把我托起來嗎？」

「不行，你看這島嶼的現狀就知道了。」懷眞說：「渾沌原息每天不斷地快速湧入集中，又往地下散開，也不會讓一片灰塵動一下，原息能影響的只有炁、生命力和部分能量，不能和實際東西有作用。」

「妳確定嗎？」沈洛年說：「可是我可以讓自己往上飄耶。」

「眞的嗎？」懷眞吃了一驚說：「你可以藉著原息飛行嗎？」

「只能往上和往下，不能自由亂飛。」沈洛年說：「好像變輕、變重這樣。」

「如果眞能控制一股力量托起你，那力量也可以從側面推動你啊。」懷眞說：「怎會只能往上？」

這樣說好像挺有道理，但事實上就是不能啊，沈洛年搖搖頭說：「我也不明白。」

懷眞思忖了片刻，仍想不透，搖頭說：「這兒人多不方便，有空找地方試給我看。」

都拖了兩個月了，當然不急在一時，沈洛年閉起眼睛，轉過身說：「嗯，睡吧。」

「嗯……」懷眞轉身縮起身子，背靠著沈洛年的背，突然又細聲說：「欸，那麼多人圍著我，你都不會吃醋啊？眞這麼安心嗎？」

媽啦！臭狐狸果然聽到了，沈洛年悶哼一聲沒答話，只聽懷眞在身後咯咯直笑。不過今天實在也累了，沈洛年感覺著背心處由懷眞軀體傳來的溫暖，心情也漸漸穩定下來，不久之後，也迷迷糊糊地進入夢鄉。

ISLAND

臭小子，快走！

「起床囉！」

天還沒亮，賴一心就到處喊人起床，沈洛年詫異地坐起，見每個人都爬了起來，幾個人正在水邊洗臉、料理早餐，連那幾十隻牛首妖也站起來蹦蹦跳跳的，不知在熱鬧什麼？

「昨晚幫他們約好了。」懷眞說：「今天天亮和鑿齒大戰一場，之後就直接殺出去。」

「和牛首妖約好啊？」沈洛年想想突然一驚說：「知道妳能和牛首妖溝通，他們不會覺得奇怪嗎？」

「會啊。」懷眞歪頭說：「不過他們也沒多問什麼。」

大概也不知道該怎麼問吧……沈洛年也不追究，起身說：「既然這樣就準備回去……嘖，昨晚沒吃飽，肚子有點餓。」

「不是有帶吃的嗎？」懷眞問。

「要弄熱有點麻煩。」沈洛年剛說完，卻見酖族那最小的女巫小露，正從下方河畔回返，手上還拿了好幾個口糧盒，正往兩人走來。

「好像有人要送吃的來了。」懷眞笑說。

這可就有點不好意思了，沈洛年頗有點尷尬，只見小露走近，對兩人微微笑了笑後，便向懷眞遞過兩包熱騰騰的口糧。

懷眞接過笑說：「謝謝妳喔，小妹妹。」

小露臉上帶著羞澀的甜笑，輕輕搖了搖頭，拿著其他口糧，轉身快步去了。

「這小女孩挺漂亮的，可惜了。」懷眞說。

漂亮嗎？沈洛年最近已經沒怎麼注意這種事了，被懷眞這麼一提，他這才多瞧了兩眼，酖族女子本就膚色特別柔白、五官明艷，這已經是一個優勢，十幾歲的小露，還擁有姣好的身段、甜甜的笑容，確實算得上美女……沈洛年說：「可惜什麼？」

「可惜受麒麟換靈，當了女巫啊。」懷眞笑說。

沈洛年還是不懂有什麼可惜的，但這不關自己的事，也就不問了，望著懷眞手上的口糧飯盒，沈洛年接過其中一個，一面拆開擺弄一面問：「妳不是不吃嗎？」

「人家專程拿來，怎麼好意思不接？」懷眞笑著說：「好不好吃啊？」

「妳一定不愛吃。」沈洛年弄開了包裝，把米飯和配菜弄在一起，一面咬一面說。

懷眞嗅了嗅，果然苦著臉說：「什麼呀！至少要有幾塊肉吧？」

「有乾掉的肉絲。」沈洛年挑出一條細細的乾肉絲說：「要嗎？」

「不要。」懷眞把手中那盒也塞給沈洛年說：「都給你吃。」

「嗄？」沈洛年接也不是、不接也不是，只好一面吃一面對懷眞瞪眼。

幾分鐘後，沈洛年一面拍著肚子打嗝，一面和眾人站在一起，準備殺下山去。

作戰計畫在昨晚沈洛年躲開時已經擬定，基本上是牛首妖開路衝殺，然後賴一心的隊伍往外突破，沈洛年等八人則在最後尾隨。

酖族六女的道術，並不很適合當先鋒突破，畢竟攻擊性的法術，都需要一些時間預備，但是她們在防禦方面可就挺穩妥，所以只要前面有人開道，問題就不大，先前她們隨牛首妖衝入時已經展現過實力，賴一心等人倒也放心。

沈洛年本來反而比較擔心賴一心等人，不過看他們神色似乎挺有把握，沈洛年倒也頗有點期待，想看看這樣十個人會組合出怎樣的陣式。

眾人和牛首妖們在森林中排好隊伍，正等著牛首妖發出號令的時候，突然一陣天搖地動，整個地面不斷地左右晃動，大夥兒都吃了一驚。這兩天雖然經歷了幾次小地震，卻從沒有這麼嚴重的。

沈洛年不禁詫異地說：「有什麼大妖怪嗎？」

懷眞四面看了看，搖頭皺眉說：「不是，是地震……不大妙，快走吧。」

「不等地震停下嗎？」前方的賴一心詫異地說。

「越快越好，早點出島。」懷眞突然揚聲叫了一串，不遠處的牛首妖聞聲，倏然仰頭長哞，數十隻牛首妖分成五隊，向著山丘下衝。

這下賴一心等人沒得選擇，更沒時間詢問，只好跟著往山下衝，沈洛年和懷眞自然也在馮鶱等人的包圍下，往下點地飄飛。

空閒的沈洛年對懷眞低聲說：「既然只是地震，爲什麼這麼急？」

「你沒察覺嗎？」懷眞臉色嚴肅地說：「地震帶著息壤搖動，渾沌原息也隨之在島內胡亂地晃動震盪，這樣濃度混亂，不只島中央的強妖開始亂跑，到處都可能突然冒出強妖，沒法事先預防，太危險了。」

沈洛年倒不是感覺不到，而是他把注意力都放在妖炁上了，被懷眞這一提醒，才察覺到嚴重性，不禁有點擔憂。

此時衝最前面的牛首妖，已經和蜂擁而出的數百名擋路鑿齒碰上，鑿齒馬上被撞得砰砰亂飛，不過鑿齒雖攔不住牛首妖，但牛首妖也頂多把鑿齒撞傷，沒法造成什麼太大的傷害。牛首妖對此似乎也不在意，五隊牛首妖分五個方向低頭直衝，彷彿打保齡球般地一排排輾撞過去。

在這一片亂中，賴一心等人衝入戰局，打頭陣的赫然是瑪蓮和吳配睿，她們身後兩步，賴一心和黃齊緊緊跟著，之後則是由黃宗儒、葉瑋珊、白玄藍、奇雅四人組成一個小圓形，左右兩側則由侯添良和張志文各據一方，之後才是沈洛年等八人。

沈洛年乍看到這樣的陣式時，不免有三分意外，他以爲想當盾牌的黃宗儒會站在最前方衝鋒呢，怎麼站到裡面去了？而瑪蓮派到前面就算了，吳配睿那小女孩能當前鋒嗎？賴一心和黃齊不是兩個近戰高手，怎麼也躲在中央？

不過兩方一接觸，沈洛年就知道道理了，眼見剛剛才被牛首衝散的鑿齒們，正想對著瑪蓮、吳配睿攔去，但還沒攔到兩人，後方白玄藍、葉瑋珊已同時出手，兩團彷彿冒著火的紅焰炁彈破空飛射，一左一右轟然炸開，十幾個鑿齒被爆勁炸得遍體鱗傷，倒地亂滾，幾個傷勢較輕的鑿齒，勉強撐著還想擋路，但吳配睿和瑪蓮兩把冒著紅光的長短刀毫不客氣，只見她倆刀隨身轉、盤旋飛繞，不只刀過人斷，還把屍體炸飛老遠，連鑿齒的盾牌都擋不住刀上帶著的爆炸力。

隨著破入敵境，周圍擁上來的敵人越來越多，白玄藍和葉瑋珊的炁彈不管三七二十一，看哪邊敵人多就往那邊扔，炸得鑿齒呼天搶地。而賴一心和黃齊兩人佔住中路、前後呼應，一左一右往前急掠，左邊賴一心的長槍，有如一條游動的碧綠青龍，右邊黃齊的窄長五節劍綠中帶黃，正是輕柔同修的光譜，兩人跟著開路兩女之後，或刺挑或推甩，不與敵人纏戰也不讓敵人停留，眨眼清出好大一片空地。

這樣的空地，恰好讓後方四人組成的戰團銜接上，奇雅布出一片綠光，托著四人往前飛掠，偶爾有敵欺近，一道彷彿軟鞭又似水柱的粗大碧綠炁鞭從底盤透出，或撞、或撥、或彈、或打，迫得敵方無法接近。

而侯添良和張志文也沒閒著，兩人專修輕訣，動作都快，手中武器彷彿兩道閃著橙黃光芒的閃電，迅速地在左右翼閃動，哪兒有敵人接近就掠了過去；鑿齒根本跟不上兩人的速度，往往被砍了還不明白怎麼死的。這兩人忽前忽後，根本就是這小隊的自由殺手，白玄藍和葉瑋珊的炁彈也許炸傷的敵人最多，但直接殺死的數量，恐怕還不如侯、張兩人。

那黃宗儒呢？早在奇雅托起四人的時候，黃宗儒盾牌在正前方一立，一道彷彿紫色城牆般的弧形炁牆，在四人外側整個籠罩起來，只有上下各透出一個中型開口，下方讓奇雅運出綠色外炁，至於上方的圓孔，則是白、葉兩女轟出炁彈的所在，就算有敵人接近，也砍不入那凝聚如實的紫色炁牆，讓三個發散型女子絕無後顧之憂，可以把全力都集中在攻擊火力上。

這樣的十人陣式衝入鑿齒陣中，彷彿一把熱刀切入奶油裡面，只不過一眨眼的時間，就開出一道用鑿齒屍體鋪成的道路。

至於後面跟著的沈洛年等八人，因為前方敵人都被清除，只需要顧著後半路，酖族六女巫神態輕鬆喜樂，炁圈輕揮，逼退接近的鑿齒，而漸漸地，從後方主動逼來的鑿齒也越來越少，不知道與她們的樂和之氣有沒有關係？

沈洛年看著戰況，不由得又驚又佩，昨天和那三百人上島，也見識了不少修習四炁訣的高手，但那些人大多都慣於單打獨鬥，縱然能互相配合，也沒法像這群人各自專精一個方向，優缺點互相彌補，發揮出更大的戰力。

而且不只是陣式上融合無間，戰鬥施用的技巧也是獨特又符合個人炁息特性。白、葉兩女的火爆炁彈就不用提了，奇雅的氣鞭法門過去可從沒看過，而幾個內聚型的招式，也逐漸顯露出不同的風格；瑪蓮、吳配睿動作大開大闔、瞬間爆發；侯添良、張志文簡潔迅快、人器合一；黃齊、賴一心則是招式華麗細膩又有韌性，彷彿舞動著劍、槍一般，和當初的動作都已經頗不相同，這都是賴一心在這段時間修改的嗎？

難怪他們敢發下那種豪語，打算留在這兒殺光鑿齒，這兩、三天不知他們已經殺了多少？不過話說回來，這樣的殺法，耗用的炁息也很可觀，戰場中又不能引炁，可別打到虛脫。

過去賴一心等人殺到一半，就會開始折向，但此戰的目的不是襲殺鑿齒，而是撤出島嶼，所以瑪蓮和吳配睿兩人不改方向，一直往正北殺去，沒過多久，就順利突破了鑿齒群。

衝出的時候，身後果然許多鑿齒追來。此時賴一心和黃齊兩人自動落到後方，他們的功夫都帶柔性，殺傷力也許不夠強，卻適合久戰和防禦，十分適合撤退的時候留守後路。其他人的

工作倒和之前差不多，只不過開路的兩人，這時突然變得十分清閒。

眾人記得懷眞的提醒，不急著往外衝，先在附近繞了一段距離，跟著選了空地稍停，打算趁著炁息還強的時候，先把這數十名追來的鑿齒殺光，然後才往外走。

其實追來的本不只數十名，不過追打的過程中，白玄藍、葉瑋珊的爆炁彈可沒停過，不知轟翻了多少人。此時隊伍一停，吳配睿和瑪蓮兩人一個翻身後躍，更落到賴、黃兩人之前，隊伍一轉向，對著鑿齒再度殺去。

這時沈洛年等八人反而被包在中間了，殿後的換成黃宗儒保護的三名發散者，不過這也沒什麼影響，黃宗儒和奇雅組成的防禦圈，可能比麢族六女巫的還要堅固。

鑿齒們追啊追的，發現對方突然轉向殺來，不由得微微一驚，幾個鑿齒停下腳步，盾牌前推，要抵禦吳配睿和瑪蓮的攻擊。但兩人可不只武器上帶有爆勁，當初白玄藍用在身上那種爆炸性加速的「爆閃」技巧，兩人雖還不能熟練地用在自己身上，但卻已經可以偶爾使用在武器上。只看那一長一厚的兩把紅色焰刀，突然炸出一聲爆響，竟以比侯、張兩人還快的速度，破空殺入盾圈，把一排鑿齒連人帶盾劈炸碎裂，鑿齒的陣式立即崩潰。

只不過兩個衝錯，鑿齒又死了一半，那些鑿齒眼看不對，正想逃跑，卻怎麼比得上炁彈、炁鞭以及侯、張兩人的速度？短短幾分鐘，全軍覆沒。

眾人大獲全勝，高興得停下歡呼，突然間，懷眞臉色一變，低聲說：「糟糕，麻煩了。」

「什麼？」沈洛年一呆，突然發現前方渾沌原息一聚一爆，一股從沒見過的強大妖炁突然冒了出來，只見前方冒出了個無頭人形妖怪，那妖怪背對著眾人，左手持著方盾，右手拿著柄巨大長斧，下體只圍著一塊亂草裙，黑色的皮膚透出一股詭異的氣氛，隨之而來的妖炁壓迫感，逼得每個人心血下沉，說不出話來。

「快走。」懷眞低聲說。

那股妖炁十分強大，對白宗眾人來說，彷彿是一種無法抗衡的感受，當下誰也不敢吭聲，慢慢往後退，卻見那無頭妖怪緩緩轉身，胸口兩個巴掌大的詭異眼睛正瞪著眾人，而腹部一張血色裂縫倏然拉開，一聲彷彿金屬相撞摩擦的詭異叫聲就從那個怪異的大洞中傳了出來。

叫聲還沒消失，怪物身形一閃，那彷彿足以毀天滅地、聚滿強大妖炁的巨斧，便對著眾人劈來。

這根本抵擋不住吧？站在最前方的吳配睿和瑪蓮都傻眼了，連舉刀抵抗的念頭都沒有，眼看斧頭即將劈上她們腦袋，黃齊和賴一心首先反應過來，兩人同時往前掠出，一槍一劍同時頂上那把巨斧。

「拚什麼？還不快逃？」懷眞大嚷。

這時那強大妖炁一爆，一股巨力將兩人硬生生撞開，賴一心在地上打了兩個滾，面色慘白地支槍爬起又摔下，黃齊臉色更難看，一時竟是爬不起來，卻是賴一心專修柔訣，單論化力的能力，賴一心畢竟高於黃齊。

妖怪一斧推開兩人，跟著一轉向，又往瑪蓮揮去。瑪蓮這時已經回過神，她一咬牙，怪吼一聲，厚背刀朝那斧頭迎去，打算硬頂這一下；吳配睿也不再遲疑，嬌叱一聲，大刀從對方側面爆閃加速，對著無頭妖左側盾牌砍去。

只聽兩聲連在一起的巨響，瑪蓮和吳配睿又是分往兩邊飛摔，兩人修煉爆訣，威力雖大，卻幾乎完全沒有防禦能力，和這強大妖炁一碰，還沒落地便已昏迷，就這麼重重摔到地面。

此時葉瑋珊、白玄藍的兩團炁彈已扔了出去，同時張志文、侯添良也跟著往前急射，奇雅的綠色炁鞭也跟著衝，這時候，懷眞嚷的那句話才剛喊完。

但已經沒人理她了，除了酖族六女之外，幾乎都衝了上去，沈洛年看到瑪蓮和吳配睿委頓於地、昏迷不知死活，一下子腦袋發熱，體內原息泛出，穿出了酖族六女的外炁，拔著匕首就要往前跑。

「你瘋了！」懷眞忙跟著跳出去，一把拉著沈洛年低聲說：「這傢伙連我都得現形才好應付，他們沒救了，快逃。」

「不行！」沈洛年一時扯不開，回頭一看，卻見侯添良、張志文兩人已被掃開，也摔到一旁站不起來，而那無頭妖往前一掠，隨手用盾擋開兩顆炁彈，巨斧已劈向黃宗儒等人。

黃宗儒當下盾牌一沉，讓炁牆貼地和地力結合，同時奇雅泛出一股綠色炁圈，罩在紫色炁牆之外，減緩對方力道的衝擊。

當巨斧和炁牆接觸的那一剎那，只聽轟然一聲，整片炁牆陷入地面半公尺後炸裂，黃宗儒臉色漲成一片通紅，此時炁牆已散，他只能勉強提著盾牌，搖搖晃晃地站著，雖然是唯一擋下一擊的人，但絕對擋不了第二下。

對方的巨斧剛往回拉，左手盾牌又揮了過來，眼看對方來勢過快，眾人絕對來不及閃避，白玄藍當即以外炁裹住三人，使出爆閃心訣往後急飛。但四人和一人的速度畢竟不同，雖然閃過了盾牌，卻仍被盾外大片泛出的妖炁擊中，四人飛出二十餘公尺外，摔成一團。幾個發散型的女子護體炁勁不足，被這股大力一逼，都不動了，只剩下黃宗儒一個人勉強還能掙動。

這一瞬間，沈洛年腦中熱血一沖，掙了兩下動彈不得，他火氣一湧，渾沌原息往外直迫，逼得懷眞鬆開了手，當下他不管三七二十一，怪叫一聲拔出匕首往外就衝。

懷眞發現抓著沈洛年的地方，妖炁突然被迅速吞噬，她吃了一驚，不敢再抓，卻見沈洛年已經奔了出去。懷眞暗叫不妙，這不是去送死嗎？這臭小子果然見不得人死？眼見對方掄起巨斧，對著沈洛年就要砍，懷眞無可奈何，只好迫出妖炁急衝，只見她一轉眼掠過了沈洛年，雙掌交錯上舉，和那巨斧正好撞在一起。

磅的一聲巨響，懷眞就用一雙肉掌硬生生架住了巨斧，在無頭妖一愣之間，她炁息猛然一爆，一股巨力發出，就這麼把無頭妖一路往森林中推，一面聽她遠遠地喊：「臭小子，快走！」

只見樹倒林折、土翻石裂，懷眞與無頭妖這般一進一退，眨眼不見蹤影，而遠遠還不斷傳來轟隆隆的響聲，似乎已經打到遠處。

前方敵人突然不見，沈洛年滿腦袋的熱血沒地方發作，終於冷靜下來。眼看周圍倒了一地，沈洛年一時還不知道該先扶哪邊，卻見賴一心正勉強支著槍站起，嘶啞地說：「懷眞姊她……」

「她不會有事……我們先走。」沈洛年雖然這麼說，卻一點也不安心，不禁又往森林深處看了幾眼。

酖族六女這才解開了陣式，有些慌張地出手救助傷者，這時吳配睿、瑪蓮已經被救醒，不過她倆和白玄藍、奇雅、葉瑋珊、侯添良、張志文等人一樣，都因妖炁浸體，渾身劇痛動彈不得，只有賴一心、黃齊、黃宗儒三人，雖然受創，勉強還能站得起來。

六女把眾人聚在一處圍起，才剛準備施出外炁托起眾人，突然外圍傳來一陣怪叫，不知從哪兒又冒出幾十個鑿齒衝近。

沈洛年暗叫糟糕，剛剛一團混亂，沒時間注意周圍的狀態，不過話說回來，剛剛大夥兒躺了一地，有注意到也沒用。

眼見鑿齒逼近，眾人不禁叫苦，早幾分鐘之前，幾十隻鑿齒只是小菜，現在一大半都動不了了，怎麼應付這一群？

酖族六女雖然也懂得攻擊的法門，但這時身後十幾個傷者需要保護，六女一時也只能分站六個方位，不斷放出大大小小許多炁圈，抵擋周圍撲來的鑿齒。但這樣的防護壁，消極抵禦可以，想打出一條路卻頗困難，何況裡面有十幾個人，代表防守的圈子必須放大許多，防禦起來更艱辛，也別提往外走了。

眼看這樣下去不是辦法，如今勉強提得起勁的只有賴一心、黃齊兩人，他倆咬牙提起武器，一聲招呼之後躍出圈外，揮動武器想殺出一條路，但兩人都已經負傷，縱然勉強可以和鑿齒周旋，想開路可是心有餘而力不足，而且這樣久戰下去，兩人恐怕會先支持不住。

沈洛年心念一轉，突然探手進背包，拿出一大把十來個煙霧彈，拉環一扯，統統往外扔。

黃齊、賴一心兩人眼見四面突然紫色煙霧瀰漫，不由得吃驚後退，閃回圈中，六女更是馬上聚起一片淡淡的外炁護牆，擋住那大片煙霧。

外面的鑿齒被煙霧一熏，怪叫連連，一時也沒往這兒撲來，雖然說能輕鬆片刻，但煙霧一散還不是一樣嗎？眾人不明白沈洛年的用意，轉頭想問，但看來看去，沈洛年竟是不見了。

「洛年呢？」賴一心吃驚地問。

「他剛……走出去了。」坐在地上的黃宗儒忍痛說。

「他怎麼走出去的？」黃齊詫異地說：「周圍不是有炁牆嗎？」

最吃驚的其實還是酖族六女，沈洛年和懷眞兩人已經好幾次無聲無息地穿過她們的炁勁，誰也不明白爲什麼會這樣。

這兒畢竟是個小空地，又是海島，風力強勁，這煙霧彈是速效型的，放煙極快，但持續時間就短了，燒了幾分鐘已漸漸被風吹散。只見煙霧漸散，外面居然沒人了，只剩沈洛年一個人渾身浴血、臉色蒼白，皺眉站在那兒，更遠處十幾隻躲出煙霧的鑿齒，正愣愣地望著這面。

「洛年？」賴一心詫異地叫了一聲，卻又忍不住張大嘴巴，卻是這時風繼續吹送，煙霧盡散，地上出現了幾十具鑿齒屍體，每個背心都有個被匕首鑿出的小洞，而沈洛年不知爲什麼身上都是血，衣服也破了好幾個口子，臉色十分難看。

「洛年小弟，你受傷了？」馮鴦吃驚地問。

媽的，全身痛死了！沈洛年咬牙半天，終於忍住沒叫出聲來，他用力呼出一口氣，又拿出一堆煙霧彈，要對那些在遠處發呆的鑿齒扔，但那群鑿齒一驚，怪叫一聲，紛紛往後逃，竟是嚇跑了。

沈洛年反而鬆了一口氣，他回頭揮手說：「我開路，跟我來。」跟著往北就走。

這兒確實是險地，馮鴦不再多問，六名女巫托起眾人，追著快速奔跑的沈洛年身後緩飛，沈洛年一面跑，一面仔細觀察著周圍的妖炁，小心翼翼地往外閃，把眾人帶了出去。

對於鑿齒怎麼突然死一大半，後方眾人自是一頭霧水，賴一心雖知道一半原因，但他仍有不解之處，也一樣大皺眉頭。

原來剛剛沈洛年眼看狀況不妙，正所謂死馬當作活馬醫，他先把煙霧彈亂扔一氣，跟著拿起金犀匕、踏起無聲步，往煙霧中掩了出去。

在煙霧中，誰也看不到誰，鑿齒們沒見過煙霧彈這種東西，事出意外，邊緣的十餘隻當然就退了出去，但深入一點的鑿齒們搞不清楚方向，慌張之餘，只顧著運足妖炁、拿武器和盾牌亂揮，還常常自己人打在一起。

但對沈洛年來說，他單憑藉著妖炁感應，就可以分辨出每隻鑿齒的動作、姿勢，沈洛年就這麼無聲無息地繞到背後，揮手攻擊；先以遍布七身的渾沌原息迫散妖炁，接著銳利的金犀匕直穿入軀體，再配合過去半年練習的準度，這麼一刀對著鑿齒妖炁集中處插入，一瞬間便將對手妖炁中樞吞噬、擊散，鑿齒連叫都叫不出來，馬上散盡妖炁而亡，只不過幾分鐘的時間，煙霧中的二十六隻鑿齒，沒有一隻能逃得性命。

渾沌原息的部分，便是賴一心不明白之處，他可以想像到沈洛年在煙霧中具有偷襲的能力，但沈洛年如何能刺穿強大妖物的妖炁？不過賴一心一轉念，想起懷眞硬擋無頭妖一擊的那個畫面，那可比沈洛年的行動更不可思議，賴一心不禁暗暗佩服，這縛妖派雖然不引炁，但有什麼特別厲害的法門也說不定。

其實鑿齒動作還是比沈洛年快上不少，縱然他也啓動了時間能力，注意著對方攻擊方位閃避，可是太快的畢竟還是閃不過，鑿齒們幾十支短矛臨死前死命亂揮，沈洛年在其間穿梭，前胸、後背、左右手臂都挨了好幾下，自然渾身是血，還好在他死命閃避之下，總算沒什麼太大的傷口，原息一衝，已從內而外漸漸合口，雖然痛得差點慘叫，也因失血而感到頭昏，總算勉強支持得住。

但痊癒中的傷口難以解釋，沈洛年索性不回到圈中，遠遠在前方帶路。

之後這近三十公里，總算安全地度過，眾人半個多小時之後抵達海岸，照著規矩，馮鴦取出信號彈，先連射了三發，再對船艦作出要求回返的訊息，之後就等著對方來迎接了。

這兒道息淡上許多，眾人的內外炁散去不少，相對地，那使人難過的浸體妖炁也消散大半，葉瑋珊、奇雅兩人除妖炁外，未受其他力量傷害，雖仍未復元，已可自由坐起。

本來白玄藍也該是相同狀況，但因她最後藉「爆閃」帶四人逃生，受到的反挫力比對自己連施四次還重，受傷不輕，一時也還坐不起來。

受傷最重的是瑪蓮和吳配睿兩人，當時雖然清醒了片刻，但見沈洛年趕跑鑿齒，她們又驚又喜，心神一鬆，就又昏了過去，到現在都還沒醒來。

眾人坐在海邊，等候著船隻來援的時候，沈洛年卻不知爲何，一個人站在老遠閉目休息，沒和眾人站在一起。

和沈洛年較熟的幾人，這時動彈不得，不便過去詢問，馮鴦等人經過剛剛一戰，對沈洛年更增添了迷惑，也不敢貿然接近，一時之間，他倒是落得清閒。

沈洛年故意避開，一方面因爲身上衣服破損嚴重，不好解釋，二來他左手有個差點斷骨的大傷口，到現在都還在淌血，沈洛年正忍痛用右手壓合著傷口。

一來這樣似乎會好得比較快，二來血也可能流得少些，剛剛到處都是傷，血流太多，身體頗有點支持不住，若不是全身傷口眞是夠痛，說不定眞會暈了過去。

另外，開啓時間能力，固然可以提高戰鬥力和判斷速度，但卻是大幅度消耗精神力，平常沈洛年使用這能力，還會記得間斷休息，剛剛熱血上湧、只顧殺敵，沒想這麼多，所以自戰鬥結束後到現在，沈洛年的頭還在痛個不停。

望著身上衣服的破洞，沈洛年突然發現，左小臂另有一道本來沒注意的小傷，因爲那傷口不是很痛，所以沒留神，現在才突然發現衣服破了一個大口。

衣服破不打緊，那兒不就是包著血飲袍的地方嗎？完蛋了，既然會受傷，代表那袍果然沒有保護作用，而且還一戳就破，這寶物還沒能幫助懷眞解咒，就得報廢了。

這時沈洛年顧不得壓傷口，扯開破爛的迷彩服查看，卻發現底下那片血飲袍，竟是一點破損也沒有。

這可怪了，明明裡面還隱隱作痛，應該有受傷才對啊……沈洛年心中生疑，拆開血飲袍，卻發現血飲袍一拿開，底下的傷口馬上迸開，血立即往外滲，竟不是小傷。沈洛年一驚，連忙又拿袍子壓了上去，才剛接近，不用貼緊，馬上感覺到一股壓力迫使著傷口收縮，不讓血往外流。

媽啦！什麼血飲袍，這是止血包紮袍吧？有這麼好的功能，那臭狐狸怎麼不早說？

沈洛年這時身上可都是大小傷口，雖然癒合的速度很快，但若能自動合起，當然會更快，想了想，沈洛年把已經破爛的迷彩上衣和內衣脫掉，抖開血飲袍穿上。

這一穿上身，果然所有傷口都收攏止血，連疼痛感都大幅降低。這一剎那，沈洛年眞不知該感謝懷眞拿來此物，還是該怪她故意藏私不說清楚，害自己痛這麼許久？

不過不肯穿的也是自己，倒怪不得她，沈洛年綁上血飲袍的腰帶，晃了兩下，感覺倒是挺舒服的。這衣服輕若無物、觸感柔細，懷眞又說過不會髒，可眞是個好東西，在都市裡不好意思穿著走路，在這荒郊野外宰妖怪倒不用介意吧？就是揹個野戰背包有點不搭……

沈洛年若是不想穿，別人怎麼逼他也不肯，但自己當眞想穿的時候，他反而不在乎別人怎麼想，正看來看去時，沈洛年突然有點不解，既然小臂受傷，衣服該也有破洞，怎麼找不到洞口？

嘖，找不到就算了，沈洛年懶得研究，眼看著來接人的幾艘船就快到岸邊，沈洛年走近人群，卻見每個人都驚訝地看著自己身上衣物，似乎想問又不知該怎麼問。

對眾人來說，其實本來都有點愧對沈洛年。大夥兒本該保護他，沒想到最後卻是被沈洛年保護，而懷眞為了大家抵擋那無頭妖怪，到現在生死未卜，最擔心的自然是沈洛年，但當時他卻首先做出離開的決定，這讓賴一心等人更是又慚又佩。

剛剛看著沈洛年一個人站在遠處，眾人都不知該怎麼向他道歉或安慰，也不敢呼喚他，何況他又是有名的脾氣不好。沒想到過了幾分鐘，沈洛年突然脫下上衣，穿上一件不知從哪變出來、材質精緻獨特的暗紅色長袍，就這麼表情輕鬆、衣袂飄飄地晃了過來，這一瞬間，自然誰也說不出話來。

不過他們的佩服倒是有點多餘，沈洛年並不具備以大局爲重的腦袋，只是他感覺得很清楚，剛剛那妖怪雖然強大到足以隨手擊破眾人，但還遠不如現形後的懷眞，更別提剛剛懷眞還沒現形，就把那傢伙推到遠處去了……所以沈洛年並不怎麼擔心懷眞的安危，倒是頗擔心這樣打下去，懷眞不知會不會又變不回人形。

「大家都還好嗎？」沈洛年轉過目光又問：「瑪蓮和小睿還昏迷著？很嚴重嗎？」

葉瑋珊和奇雅雖然已經過去照顧兩人，但兩人也不懂醫術，自然回不了話，還是馮鷰開口：「她們受到的反挫力量傷了臟腑，加上妖炁浸染，傷勢比較嚴重一些。」

對了，這些女巫好像會治病？沈洛年說：「有辦法治嗎？」

「等離島之後，道息消散，妖炁應該也會散去了。」馮鷰說：「那時比較好治療。」

「那就好。」沈洛年目光轉向即將上岸的船隻，卻見站在船頭的兩人，正是昨天扔下的段印和平杰……沈洛年目光一轉說：「馮鷰姊。」

「什麼事？」馮鷰微笑說。

「麻煩妳幫忙照顧一下大家。」沈洛年說：「回酖族的事，等我回來再幫妳們想辦法。」

馮鳶一呆說：「回來？你要去哪兒？」

「我去找一下懷眞。」沈洛年一面對眾人說：「不會有事的。」

「洛年？」眾人大吃一驚，每個人都喊了起來。

沈洛年知道越扯越囉唆，當下不再多說，一轉身，向著島內就奔了進去。

賴一心等人這時誰都動不了，除了扯直喉嚨喊，也沒別的辦法，馮鳶又不能扔下這群人不管，一時也呆在那兒，不知該怎麼反應。

這時突然一個嬌小的身影飄起，往島內追了進去，這下馮鳶可又吃一驚，她忙開口嚷：

「小露？」

小露人在空中回頭，她清脆悅耳的聲音遙遙傳回：「鳶姊，我去幫忙。」

ISLAND

說不過這丫頭

這還是眾人第一次聽到小露的聲音，就連正在開溜的沈洛年也是，他訝然回頭，卻見還沒奔入森林，小露已追到身後。沈洛年大吃一驚，一面跑一面說：「妳跟來幹嘛？快回去！」

現在只有小露一人，不受說話限制，只見她甜甜一笑說：「不要。」

啊勒？這小女巫搞啥？沈洛年一呆，身子已經被小露以外炁提了起來，小露一面說：「告訴我往哪邊走喔。」

這樣確實是又省力又快……不對！沈洛年瞪眼說：「妳快回去！」

「不要！」小露似乎覺得沈洛年生氣的表情挺好玩，又笑著說了一次。

媽的，這丫頭身具樂和之氣，大概沒見過惡人，以為每個人都會對她笑，只要自己狠狠罵她一頓，應該就會像吳配睿一樣，從此怕自己怕得要死，沈洛年正想破出外炁、落地示範一下惡人的模樣，卻突然感覺到岸邊正有不少人往這兒追來。

莫非段印等人不死心？這時候若停下罵人，又會被那一批追上了，沈洛年無可奈何，只好伸手指引：「往這兒走。」

「好！」小露輕快地應了一聲，一轉向，順著沈洛年的指示飛行，她知道沈洛年的心意，御使的外炁極弱，不易追蹤，深入一段距離之後，很快就把道武門派來的人甩掉。

既然已經深入島中，也不好叫這女孩自己回去了，沈洛年一面指引方向，一面低聲說：

「我們先回剛剛那個地方，再往內找看看。」

「好！」小露又說。

她倒是挺有精神的，沈洛年現在對那些各種怪氣，多了一點概念，她們的樂和之氣，主要是影響別人，倒不會影響本身，她們一群人總是開開心心，主要是因爲彼此互相影響，所以才能一直保持這麼快樂，想到這兒，沈洛年又瞄了小露一眼，現在她孤身一人，自己又不受那種氣息的影響，這傢伙硬要跟來，到時候就別哭著回去。

兩人一路快速地往內飄，有小露帶著點地飛騰，果然比沈洛年用兩條腿跑輕鬆、迅捷不少，出來的時候花了半個多小時，進去卻不到二十分鐘，就到了剛剛那個滿地都是鑿齒屍體的地方。

被沈洛年殺的只是背後破個洞、流個滿地血，死狀還不太難看，早些被賴一心等人所殺的，可就屍首不全、七零八落，看來怵目驚心，沈洛年四面感應了一下妖炁，沒感覺到懷眞，遠遠近近反而感受到不少強大妖炁，看來一個個都不好惹，若遇到對人類有敵意的妖物，那可有點麻煩，沈洛年回頭說：「用走的，收起炁息。」

那些強大妖怪根本沒考慮收斂妖炁，連小露都感應得清楚，她連忙點頭，聽話地將外炁收斂，落下地面。

沈洛年四面一望，找到懷眞把無頭妖往外推的方位，領著小露往那方向前進。一路走過去，沿路上不少莖葉枝幹爆散倒折，連地皮都刮出一條長達一公里的筆直窪痕，可見懷眞當時一爆妖炁，將對方直接推出了近千公尺，兩方這才開打。

接著的戰鬥場面可盛大了，周圍一整片數十公尺寬的森林幾乎被夷爲平地，到處都是斷折倒塌的巨大植物，但除了這些以外，就什麼都沒有了，沈洛年四面望著，想找出之後戰場延伸的方位，卻看不出來。

會不會接著打到天上去了？具有那種強大妖炁的妖怪，在空中打架也不奇怪……沈洛年看著天空，一時倒不知道該怎麼繼續找下去。

「沈先生。」數步外的小露突然低聲地叫。

什麼沈先生？沈洛年沒好氣地說：「叫名字就好，什麼事？」

「洛年先生。」小露換了個稱呼，一面往西面指指說：「那個……會不會是……」

「不用加先生。」沈洛年轉頭望過去，卻見草木之間，似乎是……沈洛年眼睛一亮，縱身往那兒躍，在一大片草葉之下，翻出一件被扯成碎爛的迷彩服。

「這……這是懷眞小姐的嗎？」小露跟著走近，掩著嘴，驚駭地說。

「大概是。」沈洛年拿起來比對了一下，果然是自己的尺寸，很可能正是自己拿給懷眞穿的衣服，沈洛年四面又望了望，果然在不遠的草木堆中，又發現了碎成一條條的長褲，至於鞋子應該不用去找了，看到這種破法，懷真想必已經現形，既然如此，那無頭妖該打不過她，不過現形不是大傷元氣嗎？這臭狐狸怎麼還不來找自己？

小露眼睛紅著說：「怎……怎會這樣？」

幹嘛要哭要哭的？沈洛年訝異地說：「怎麼了？」

小露難過地說：「連衣服都變這樣……她不是出事了嗎？」

沈洛年懶得解釋，只說：「她沒事。」

「眞的嗎？」小露吃驚地說：「你怎麼知道？」

總不能說這是懷眞變形擠破的，沈洛年隨口說：「妳看衣服上都沒血跡。」

「對……對耶。」小露破涕爲笑，翻了翻衣服，突然笑容又收了起來，張大嘴驚駭說：「那妖怪爲什麼扯破她的衣服？難……難道……妖怪也會想……」

隨妳去想，沈洛年思考了片刻才開口說：「小露。」

小露正自己嚇自己，搞得有點心慌意亂，聽到沈洛年叫喚，一驚回神說：「是？沈先生。」

又來了！嘖，改不過來就算了，沈洛年懶得糾正這種小事，只皺眉說：「在這兒等我一下，我到森林裡面方便。」

小露詫異地說：「在這種地方嗎？要不要出去一點……再……再那個……」

「忍不住了。」沈洛年說：「妳等等。」

「呃？」小露還來不及說話，沈洛年已經轉身往森林走去，小露又不便跟過去，只好一個人待在這片凌亂的空地中。

卻是沈洛年突然想到，懷眞若是已經變成狐狸，自然不方便在小露面前出現，自己感應懷眞的距離只有幾十公尺，說不定她早已到了附近，只是不方便接近提示自己。當下沈洛年隨便找了個理由走入森林，想看看懷眞會不會出現。

但他走入林中、晃了片刻，懷眞卻一直沒出現，沈洛年等了等，還眞的放了一泡尿，但終究沒能看到懷眞，沈洛年無可奈何，這才走出森林。

一出森林，沈洛年就看到小露急忙地奔來，似乎鬆了一口氣地說：「你……你去好久！」

沈洛年說：「幹嘛，害怕了嗎？」

「我是擔心。」小露癟著嘴，有點委屈地說。

有她在身邊，懷眞畢竟不方便直接出現，還是趕走比較好，沈洛年心念一轉，嘆口氣說：

「我覺得很難過，所以躲起來哭了一陣子。」

「啊？」小露眼睛又紅了，結結巴巴地說：「對……對不起。」

「騙妳的，懷眞又沒事我哭什麼？」沈洛年聳聳肩說。

「你……你這人……是怎樣……？」小露吃驚地瞪大眼睛，這輩子沒人這樣欺負過她，她一時不知該怎麼應對。

知道什麼叫壞人了嗎？這還算客氣呢，沈洛年心中偷笑，故意板著臉，瞄了小露兩眼說：「帶妳去海邊吧，然後我自己繼續找。」

「不要！」小露這次可不笑了，一臉認眞地說。

「妳在旁邊礙手礙腳啦。」沈洛年沒耐性了，瞪眼說。

「我不會礙手礙腳！」小露說。

「喂！」沈洛年板起臉說：「妳纏著我幹嘛？」

「不要凶我！」小露頓了頓，退了一步說：「我不怕！」

啊勒，和吳配睿的反應不同？這女孩似乎十分固執，看來不容易激走她，沈洛年想想懶得和她浪費時間，不再多說，帶著小露往西面森林繞了過去，小露見沈洛年不再趕自己走，臉上很快又露出了笑容。

這趟走的是內圈，這一路都頗接近島中央，不只渾沌原息密度更高，浮動震盪、忽聚忽散的狀況也更嚴重，不知道什麼時候又會蹦出強大妖怪，沈洛年可眞是走得提心吊膽，要是只有自己，煙霧彈一扔就可以逃命，加個小露可就沒辦法，就不要到時候又害自己衝上去和妖怪拚命……想到這點，沈洛年就忍不住瞪小露兩眼。

小露倒不介意沈洛年的表情不善，她就這麼帶著微笑，安靜地在後面尾隨，不過半天的時間，兩人已經繞到了島嶼南面，此時北方山巔突然傳來一串巨響，沈洛年一驚抬頭，只見那兒似有兩隻大型有翅妖獸正相互嘶咬攻擊，強大的妖炁互相碰撞，不斷往外散溢。

那兩隻妖獸，一隻形似老虎，白毛紫紋，背後有一對巨大鷹翼；另一隻像是藍色巨鶴，體有焰般紅紋，銳利白喙，只生著一條長腿，遠遠看不出來牠們的體積，但這麼遠還這麼清楚，絕不會小。

兩獸都會飛，打起來翻翻滾滾，有時突然摔下山，有時又突然糾纏著往空中衝，看樣子一時打不完，這兩獸的妖炁，感覺還比那無頭妖強……看來這島上已經出現了許多超強的妖怪，就算幾萬個道武門人都衝進來，八成也不夠這些妖怪塞牙縫。

既然這樣，那還打什麼？沈洛年望著那兩隻妖獸，不禁有點感慨。

「牠們好漂亮喔。」小露突然開口。

沈洛年詫異地轉頭，卻見小露望著那兩隻妖獸，一臉欽羨。

「幹嘛？想抓回去玩嗎？」沈洛年哼聲說。

小露看了沈洛年一眼，微微一笑，又轉回頭看那兩隻妖獸，居然沒有任何反應。

這是什麼態度，當我是小孩子胡鬧嗎？沈洛年仔細看了看她，可以確定，這女孩並沒有嘲諷自己的念頭，她現在縱然不是保持喜樂的情緒，卻也是平靜穩定，這麼一來，沈洛年也不好繼續無理取鬧，只好說：「我們走吧？」

「好。」小露回過頭，又露出笑容。

兩人繼續逆時針往東繞，繞完一圈，回到和懷眞分開的地點附近時，又是好幾個小時過去，天色已經入黑。這一路走來，一直沒有懷眞的蹤跡，沈洛年可眞有點擔心了，懷眞如果沒有出事，爲什麼一直不來和自己會合？

但她不可能打不贏那隻無頭妖的，難道她還沒現形就受傷了，變形也來不及？這也不對，她衣服上面未帶血漬，該沒受傷，那到底是怎麼回事？

沈洛年思索良久，突然回過神，想起自己很久沒理會小露，連忙轉頭，卻見她正帶著體諒的神色望著自己，雖然帶著倦意，但那雙眼睛仍然有神。

糟糕，她似乎挺累的？怪了，雖說是整天沒休息，但自己也是啊……啊，懷眞說她們換靈的比率很低，可能因此體力不如自己，又不准她使用外炁，當然會受不了……沈洛年想到此處，忍不住皺起眉頭說：「累了爲什麼不說？」

小露一驚，似乎不知該怎麼回答。

「這兒不安全。」沈洛年嘆口氣說：「到安全的地方休息吧……用外炁走。」

小露靦腆地一笑說：「好。」她這才施出外炁，把沈洛年一起帶上，往外飄去。

大約走了十公里左右，經過一條小溪，小露突然停了下來說：「這兒已經安全了吧？」

沈洛年一怔說：「到海邊不是更安心嗎？」

「你明天還要繼續找，對不對？」小露說：「你想趁機把我留在海邊，對不對？」

媽的，這丫頭也會讀心術嗎？沈洛年呆了呆才說：「我明天想到島中央去，妳身負炁息，會引起妖怪的注意，我們倆都危險。」

「島中央，妖怪會突然出現，你也不安全。」小露搖頭說：「大部分妖怪看到我會降低敵意，我在比較好。」

「我可以自保啊。」沈洛年皺眉說：「扔個煙霧彈就可以逃了。」

「有些妖怪會飛呢。」小露說：「煙霧彈沒用的，飛起來找你，你就跑不掉了，我可以帶你逃。」

說不過這丫頭……沈洛年看她明明很累，偏偏硬撐著和自己吵，而她的疲累又是自己造成的，不禁有三分心軟，只好嘆一口氣說：「算了、算了，先休息再說。」

小露鬆了一口氣，露出笑容，靠著根綠色枝幹坐下，但她見沈洛年正在掏拿背包，一驚又想跳起。

「坐下吧。」沈洛年頭都沒回，哼聲說：「吃的我來弄，妳吃一盒夠吧？」

小露一怔，還是站了起來，不好意思地說：「還是我來弄吧？我已經弄習慣了……」

「坐下！」沈洛年回頭瞪眼說：「妳累成這樣還要弄？我來！這是要倒水進去是不是？」

「凶什麼凶？」小露扮個鬼臉，坐下說：「裡面有個袋子，上面有標示要倒多少水。」

「知道了。」沈洛年拿到溪邊，倒了水，讓外盒產生發熱的化學反應，一面提回小露身旁說：「要等十五分鐘對吧？」

「嗯。」小露笑著點了點頭說：「沈先生體力真好，都不會累嗎？」

「還好。」沈洛年伸了伸懶腰，這才察覺到，上午的傷口似乎都已經好了，這衣服配合上自己的癒合能力，還眞是恰到好處，難怪懷眞會說自己需要這寶物……媽的，臭狐狸到底死到那邊去了？她找自己應該是靠血冰戒，否則昨天怎能這麼快就出現？要是自己知道怎麼利用血冰戒找她就好了。

說到血冰戒……如果她真的出事，血冰戒會如何？沈洛年心一驚，連忙把手上的ＯＫ繃撕掉，湊著月光一看，卻見血冰戒還好端端地掛在無名指上，沈洛年這才鬆了一口氣，搓揉著血冰戒，思考著懷眞的可能去向。

「那戒指好漂亮……和懷眞小姐有關嗎？」小露好奇地說。

「啊？」沈洛年回過神，這才發現自己又發呆了，他尷尬地說：「嗯，有點關係。」

「沈先生，你和懷眞小姐是什麼關係呀？」小露又問：「夫妻嗎？」

「當然不是。」沈洛年瞪眼說：「妳們那兒有人這麼早結婚嗎？」

「差不多啊。」小露說：「十五、六歲。」

那是什麼鄉下地方？沈洛年有點意外，頓了頓說：「懷眞有點像我姊。」想想還是這種說法比較適合。

「喔？」小露目光沒離開血冰戒，又湊近了一點頭說：「眞好看，可以借我看看嗎？」

「這種拿不下來。」沈洛年隨口說。

「難道是咒戒？」小露突然瞪大眼睛，湊近說：「好像眞有一絲咒炁。」

媽的，她怎麼知道的？沈洛年一驚，詫異地看著小露，小露見到沈洛年的神色，一把抓住

沈洛年的左手，吃驚地說：「眞是咒戒？沈先生和懷眞小姐使用咒戒？哇！我好感動，這世上眞有人能……哇、哇、哇——」

哇什麼哇？沈洛年見小露叫個不停，他一把抽回手，貼回ＯＫ繃說：「什麼啦？咒戒又怎麼了？」

小露的小嘴好不容易才閉了起來，她目光一轉說：「沒……沒事。」

騙人！就算沒被鳳凰換靈，沈洛年也看得出她沒說老實話，沈洛年惡狠狠地瞪著小露，等她繼續說下去。

小露停了幾秒，見沈洛年還望著自己，她咳了咳說：「我不會對別人說的。」

這話卻讓沈洛年有點心虛，卻不知小露到底知道了什麼？沈洛年遲疑了一下才說：「妳知道咒戒的事情？」

小露點了點頭說：「我們有傳下類似的咒術。」

這倒是好消息，沈洛年忙問：「妳知道怎樣藉著咒戒找到對方嗎？」

「我不知道。」小露一怔，爲難地搖頭：「這種咒術我沒學過。」

沈洛年不禁有點失望，嘆了一口氣。

「我們也沒必要學。」小露又說：「我沒想到……世上眞有人敢使用這種咒術，我好佩服你們兩位。」

也是啦，違約就是死路一條，既然小露知道這種咒誓之術，沈洛年也就不隱晦了，只說：「也沒什麼，我當時其實不知道懲罰這麼重。」

「懲罰不重要啊。」小露眼中閃耀著佩服和羨慕的神色，帶點興奮地說：「要兩方都是百分之百絕對眞心才行啊，萬一不成功，就代表有人心中還有遲疑，但誰又敢說自己心中沒有一絲疑惑呢？只要想到這一點，誰還會用這種法術？你們倆居然敢這麼做，而且還順利完成了咒誓……眞是好棒！我要是跟姊姊們說，她們一定不信的，啊，你不願意我說對不對，我不會說的，一定不說！保證不說！」

這女孩一次說這麼多話都不用喘氣的？沈洛年聽得瞠目結舌，她似乎還是誤會了自己和懷眞的關係？莫非她以爲咒戒只有情人合用？但自己又不是很確定她的意思，硬要解釋好像也很古怪……算了，隨便她，沈洛年現在比較在意別的事情，他急著問：「妳那幾個姊姊，有人會這門法術嗎？」

「因爲用不到，所以沒有人學耶。」小露說：「只是紅姊曾告訴我，神居窟裡面有記載這個術法。」

「神居窟？」沈洛年一愣。

「啊。」小露突然一驚，有點慌急地合掌懇求說：「沈先生當作沒聽到這句話好嗎？這是我們族裡的祕密。」

沈洛年點頭說：「我知道了，不過妳們怎麼說用不到呢？」

「當然用不到啊。」小露低下頭，幽幽地說：「承受仙炁當了女巫後，沒有人會愛上我們的。」

沈洛年一怔，一下說不出話來，小露說得沒錯，她們身具樂和之氣，大部分人看到她們都感到和平快樂，頂多把她們當成親近的姊妹，卻不會產生男女之念，這樣怎能談戀愛？難怪當時懷眞會看著小露說可惜……

但別人雖然不會愛上她們，她們難道不會希望有伴侶嗎？若是心中仍有慾望，久而久之，日子豈不難過？想到這兒，沈洛年遲疑地說：「妳們女巫，都不嫁人的嗎？」

小露搖了搖頭，過了幾秒說：「大家一直在一起，總是很開心，不會想這些事的。」

那一個人的時候呢？沈洛年看著小露這時的情緒，雖然稱不上難過，卻多少有點寂寞，沈洛年想了想說：「懷眞提過，世上有些人，對樂和之氣有抵抗力，這個……還是有機會。」

「我們酖族只是個小小的村子，沒有這種人的。」小露抬起頭，露出笑臉說：「沒關係，我們願意當女巫，就有心理準備要一輩子侍奉神靈的，嫁人怎麼侍奉神靈？」

「這是規定嗎？」沈洛年愣然問。

「何必規定？反正也嫁不出去。」小露搖搖頭笑說：「那種人在這世上很難找。」

沈洛年哼了一聲說：「不去找當然永遠不可能找到！」

「沈先生倒像是那種人。」小露笑說：「老是凶人家呢。」

這妳倒沒猜錯，管他什麼王八鬼氣，對我一點屁用都沒有，沈洛年白了小露一眼，沒吭聲。

小露見到沈洛年的表情，愣了愣才一驚說：「眞的嗎？你眞的就是那種人嗎？」

幹嘛這麼激動，要幫我提親嗎？沈洛年沒好氣地說：「是又怎樣？」

「那……你之前凶我，是眞的生我氣嗎？」小露擔心地說。

媽啦，原來妳這丫頭以爲我在演戲？沈洛年不知道爲什麼突然有點無力，嘆了一口氣說：「東西該熱了，吃飯吧。」

小露還在有點慌張地說：「我……我不知道……你是眞的生氣……」

「算了，我也不算眞的生氣。」沈洛年打開已經熱騰騰的飯袋說：「我本來眞的想一個人去，妳跟著我，很麻煩。」

「但是……我想幫忙。」小露小聲地說。

「我知道。」沈洛年想了想說：「其實懷眞如果沒事，會自己找到我的，吃飽後我們一起回去吧。」

「島中間不找了嗎？」小露有點意外地問。

「不找了。」沈洛年搖搖頭說：「仔細想想，我們倆去島中央眞是送死，說不定反而害了懷眞。」

「害了她？」小露不明白。

「沒什麼。」沈洛年搖搖頭沒解釋，懷眞有沒有出事還不知道，但若自己跑去送死，因爲咒誓的關係，反而會害死她，那就本末倒置了。

「那……懷眞小姐去哪兒了？」小露擔心地說。

「我知道就好了……」沈洛年頓了頓說：「血冰戒還在，應該代表她沒事吧？」

「對！我怎沒想到這點，要是一方……那個了，咒戒會消失的。」小露也提起了精神，高興地點頭說：「這叫血冰戒嗎？不知道是怎樣的咒術……沒想到懷眞小姐對咒術也很精通，但沈先生怎麼似乎都……沒學過？」

「我沒炁可用，所以學不會。」沈洛年說。

「可以跟我說，你們……你們當初咒誓的內容嗎？」小露突然紅著臉，一臉期待地說：

「我保證絕不會對別人說！」

幹嘛臉紅？妳期待什麼，沈洛年莫名其妙地看著小露說：「問這幹嘛？」

「跟我說好不好？我好想知道。」小露又說。

讓懷眞吸取渾沌原息的事不能說，沈洛年頓了頓說：「有件事……直到永遠之類的。」

「啊！」小露突然尖叫起來，捧著紅通通的小臉叫：「直到永遠！怎麼這麼……好讓人害臊喔……」

媽啦！早知道不該說的，沈洛年聽到那聲尖叫，雞皮疙瘩都冒了起來，渾身不自在。見小露還在興奮，他皺眉說：「快吃吧，吃飽了回去。」

「嗯。」小露一面吃一面想，偶爾看沈洛年一眼就滿臉通紅，也不知道想到哪兒去了。

總算吃飽了飯，兩人開始御炁北返，小露這時總算正常了些，飛到中途兩人隨口說了幾句話後，小露突然低聲說：「沈先生……回去以後，我就不能跟你說話了。」

「嗯……妳們規矩挺古怪的。」沈洛年說。

「我想告訴沈先生……我全名叫艾露。」小露低聲說：「雖然你可能很快就忘記了。」

沈洛年看了她一眼，頓了頓說：「這名字挺別緻，有可能會記住。」

艾露微微一笑，輕側著頭說：「忘記了也沒關係，我只是想說而已……等回到那個小小的山村，三年、五年之後，我會想到，在這遼闊的世界中，有個人曾經知道我的名字，不知道現在他還記得嗎……這感覺也不錯啊。」

這話似乎有點淒涼的味道，但她又沒有難過的氣味，沈洛年一時看不懂這女孩，想了想，突然說：「說起來，妳和其他的女巫，感覺有點不同。」和艾露相比，其他人感覺太開朗天眞樂觀了些，也不習慣和人衝突爭執，似乎沒什麼個性。

「也許因爲我去年底才剛成爲女巫吧，過去的脾性還沒消失。」艾露頓了頓說：「聽說幾年以後，相處久了，我也會慢慢變那樣……久了大家都一樣的。」

大家都一樣？這可不像好事……但也許人家在那種氣氛和環境中，日子過得很快樂呢？畢竟不關自己的事，沈洛年點點頭，沒再多說。

□

兩人順利回到海岸，通知人前來迎接，這次只來了一艘救生艇，來接人的赫然是其他五個女巫，另外還加上賴一心，至於段印等人，也不知是不是怕沈洛年又溜回島內，這次倒沒出現。

眼看船隻抵岸，沈洛年還是站在岸邊，船上的幾個人都鬆了一口氣，跟著艾露也不等他們停船，直接帶著沈洛年飄上救生艇，落到眾人之間。

這麼一來大家可就安心了，六女圍在一起，一面笑一面說個不停，聽起來似乎正半嗔半笑地責怪艾露，這種責罵法可真客氣……但話說回來，她們這一群聚在一起，果然是和和樂樂，想生氣罵人大概也罵不起來。

「洛年。」賴一心第一句話就問：「找不到懷眞姊嗎？」

「嗯。」沈洛年點了點頭說：「你身體沒事了？大家呢？」

「離島之後妖炁散去，我就好得差不多了，大家也舒服不少。」賴一心說：「不過大部分人還沒復元，除我之外，比較沒事的只有黃大哥、奇雅、瑋珊，他們正照顧大家。」

「我在外圍走了一圈，只剩下島中央沒去。」沈洛年頓了頓說：「但是島中央……妖怪未免太強，懷眞也該不會過去。」

「那懷眞姊會到哪兒去了呢？」賴一心擔心地說。

沈洛年搖了搖頭，沒法回答這句話，此時六女似乎鬧完了，正開始同時御炁，推動著船身往外走。

「島中央……」賴一心遙望著島嶼遠處的山區，低聲說：「我們眞的去不得嗎？」

「當然。」沈洛年驚訝地說：「你忘了今天那無頭妖怪的厲害嗎？」

「對了，宗長說那可能是刑天耶！」賴一心突然有點興奮地說：「傳說中和黃帝戰鬥，打輸了被砍頭的戰神，之後才從胸口長出眼睛。」

「眞的假的？」沈洛年似乎也聽過這傳說，他皺眉說：「但他肩膀上面明明是光滑一片，應該本來就沒頭吧？」

「傳說當然有誇張和穿鑿附會的地方。」賴一心呵呵笑說：「但是傳說中的強弱可以拿來參考，如果眞是刑天，確實是很強大的妖怪。」

「喔？」沈洛年說：「島中央那種強大妖怪可不只一、兩隻，人類打不過的……」

「嗯，下午聽說衛星攝影機還拍到了兩隻強大妖獸在中央山區的空中打架。」賴一心興致勃勃地說：「看模樣推測是窮奇和畢方，不過只看照片，不知道有多強大，有人說像鶴的畢方是善獸、像老虎的窮奇是惡獸，所以才打起來。」

就是自己和艾露看到的那兩隻嗎？這兩個名稱沈洛年可就沒什麼印象了，只點頭說：「我是有看到兩隻打架的妖獸，都不比無頭妖弱，所以我不敢再往內探。」

「眞有這麼多強大妖怪？」賴一心想了想，突然說：「洛年，我有個想法，還沒跟別人說過……我覺得，人類也許可以更強。」

「怎麼？」沈洛年問。

「是關於變體……你上次也看過。」賴一心侃侃說：「過去變體的方式，是準備大約一公升的妖質，以外炁迫入人體，之後讓妖質在體內散開，漸漸改變體質。」

「然後呢？」沈洛年說。

「選擇這樣的量有兩個原因，首先，根據過去的經驗，迫入過多妖質反而會有反效果。」賴一心頓了頓說：「隨著變體完成，會漸漸感到不適，最後可能因爲不明原因而死去。」

沈洛年點點頭，表示理解。

「至於第二個原因，是因爲就算想迫入更多的妖質，需要好幾個外炁高手協力，因爲迫入得越多，抵抗力就會越大。」賴一心說：「但太多人同時出力，又有配合上的問題，我們專修派，一個發散者就可以處理變體，但對兼修派來說，他們通常都要找兩個默契很好的人同時控炁，才能讓新入門者完成變體。」

聽完兩個原因，沈洛年還是不明白這和變強有什麼關係，只接著賴一心的話說：「所以呢？」

「你還記得狼妖嗎？」賴一心突然說。

怎麼突然扯到那兒去了，沈洛年點頭說：「狼妖怎麼了？」

「牠不是先變小嗎？」賴一心說：「後來發現打不過，又變大了，宗儒提過，那是因為道息不足，所以牠們才變小，但為什麼會這樣卻不清楚。」

沈洛年還記得此事，微微點頭。

「我是這樣想的。」賴一心有點興奮地說：「也許是因為道息太弱，牠能獲得的妖炁太少，因此才縮小，就像我們剛剛出了這島嶼道息圈……體內炁息就變少，如果人類體內迫入太多妖質，就會遇到相同的困擾，在過去道息不足的世界裡，反而會引起不適。」

這時果然剛好離開島嶼的道息圈範圍，眾人炁息逐步減弱，總算操舟需要的外炁不多，船隻依然順利地往前飄行。

這倒是挺有道理的，沈洛年點頭說：「所以你認為，如果迫入更多妖質，就可以引入更多的炁息，變得更強？」

「對。」賴一心說：「我猜測只要定期到這島上吸取炁息，就不會因為周圍道息不足而減短壽命。」

「萬一要來得很頻繁呢，甚至不能離開呢？」沈洛年說：「豈不是得住在這島上。」

「這部分就只能等測試了才知道。」賴一心乾笑說。

這傢伙又想亂來了，沈洛年呆了呆說：「那迫入妖質的問題呢？」

「同樣的道理，在島外因爲力量不足，只能迫入這麼多妖質，但是到了噩盡島內，發散者能引入的炁息更多，就可以迫入更多了呀。」賴一心說。

「誰要做這個實驗？」沈洛年瞪了賴一心一眼。

「既然是我提出的，當然我來做啊。」賴一心說。

「有必要冒這種險嗎？」沈洛年皺眉說：「島中央的妖怪雖然強大，但似乎和鑿齒不同，不去接近他們未必會有事。」

「可是如果懷眞姊眞困在島中央……那也只有這個辦法了。」賴一心望向噩盡島，難得收起笑容說：「怎能放她一個人在裡面？」

這傢伙不會眞的喜歡上懷眞吧？早就叫那狐狸別逗他們了……沈洛年想起葉瑋珊，又想起懷眞，一時之間，不知該不該嘆氣。

ISLAND

他們兩人出去玩？

到了航空母艦上，除了幾個艦隊士兵將眾人接入，其他什麼道武門人都沒看見，沈洛年雖然討厭人多，但看到一個人都沒有，還眞有點意外。

眾人登上甲板，賴一心往前一指說：「上直升機吧。」

「要去哪兒？」沈洛年登機時問。

「去檀香山。」賴一心解釋：「大部分的變體者都退過去了，這兒只留下軍艦官兵，和少數輪値的變體部隊，我和馮鴦姊幾人是特地留下等你們的。」

「爲什麼？」沈洛年問：「不作戰了嗎？」

「我也不清楚。」賴一心說：「聽說是研究新的策略，上次損失太慘重，瑋珊說，大概要讓大多數人先練好四炁訣。」

「嗯……也對。」沈洛年點點頭，連四炁訣都還沒練的那幾萬人，就算都擠進去，大概也會讓強大妖怪像踩螞蟻一樣殺光，練好之後……至少可以像賴一心他們一樣，捱上一招半式。

「因爲妖怪離島會變弱。」賴一心說：「人類武器也會有作用，所以現在海空兩方四面圍起來，暫時應該沒有大礙。」

意思是沒事做了？可惡，那個臭狐狸到底跑哪兒去了，不然豈不是可以回家？對了，自己答應過懷眞，要幫馮鴦等人回家……這又該怎麼辦才好，去找劉巧雯談嗎？媽的，最討厭拜託別人事情了，眞是找麻煩。

沈洛年看了賴一心一眼，見他正側著頭想事情，雙手還正比劃著什麼，沈洛年暗自搖了搖頭，這人是個武痴，問他也是白問，有機會的話，問問葉瑋珊好了，她是學校裡有名的才女，可能會想出好點的辦法。

一路無話，幾個小時之後，飛到夏威夷機場落下，但一下飛機，眾人可就有點傻眼，這兒每個人都一口嘰哩呱啦的英文，可是直升機下來的八人可都不會說英文。

賴一心和沈洛年兩人唸書成績都是普通爛，雖號稱在學校學了五、六年英文，但眞要和人對話可就是說笑了，至於那六個來自雲南山區的女巫更不用說，除漢語之外只會酖族古語，到了這陌生的環境，一時之間，八人還眞有點不知該何去何從。

還好賴一心不怕丟臉，用破爛英文到處問路，加上因變體者一大半都是中國來的，機場會中文的人還不難找，很快就找到了翻譯，安排了車子送八人離開。

經過了一番轉折，大約午夜時分，總算找到葉瑋珊、白玄藍等人落腳的地方。那是個位於海邊的飯店，這飯店除白宗之外，聽說同樣來自台灣的李宗，在駐檀香山台北辦事處安排下，也住在這兒，而酖族六女卻被接到別的地方去了；他們這些由總門統管的變體部隊，大部分都是住在暫借的美軍營區，畢竟那有數萬人之多，不可能每個人都安排到飯店裡面去。

沈洛年和賴一心到了飯店，得到消息的葉瑋珊，已經先一步在飯店大廳等候，迎接兩人。

三人一碰面，每個人心中似乎都有事，一時誰也說不出話來，過了片刻，還是葉瑋珊先開口說：「沒找到懷眞姊？」

「嗯。」沈洛年搖搖頭。

「至少你沒事。」葉瑋珊看著沈洛年，嗔怪說：「你這人，都不怕別人擔心的嗎？一轉頭就跑進去了。」

沈洛年不知該怎麼說，只說：「別擔心我就好了。」

葉瑋珊聽到這句話，不免有點啼笑皆非，嘆口氣說：「宗長、瑪蓮、小睿受傷較重，住院觀察，舅舅和奇雅也在醫院照顧她們三人。」

「其他幾個呢？」賴一心問。

「宗儒、添良、志文妖炁散去之後，只剩下筋骨挫傷，雖然行動有點不方便，但精神都挺好的。」葉瑋珊微微一笑說：「他們三個住一間四人房。」

賴一心笑說：「我去看看他們。」

「已經很晚，他們早休息了，你們倆也先休息一晚，明天再說吧？」葉瑋珊說：「我幫你們安排一間兩人房，這是門卡，行李已經放在裡面了。」

賴一心接過，頓了頓說：「妳呢？」

葉瑋珊說：「我暫時和奇雅一間房，但是她大多在醫院。」

「一個人沒關係嗎？」賴一心問。

有關係的話你又能怎辦？葉瑋珊雖然知道賴一心沒有別的用意，仍有點好氣又好笑，她沒說話，只微微搖了搖頭。

「我們送妳回房吧。」賴一心笑說：「我們兩個再去休息。」

這人有時候就是會有這種莫名的溫柔，葉瑋珊心中一暖，微笑搖頭說：「只是隔壁而已，一起走吧。」一面帶著兩人走向電梯。

三人搭著電梯，到了房間所在的十八樓，兩間雙人房果然在隔壁，賴一心和葉瑋珊正要互道晚安，沈洛年突然說：「一心，去幫瑋珊檢查一下房間吧？」

葉瑋珊和賴一心都不禁一愣，不明白沈洛年的用意。

「這社會很亂。」沈洛年說：「一個女孩子自己睡，門窗前後要好好檢查一下。」

「這是國際大飯店，不會有事啦。」葉瑋珊一怔之後，突然想通沈洛年的用意，不禁泛紅著臉說。

「小心點又不吃虧。」沈洛年從賴一心手中取過門卡說：「對了，檢查之後，你剛剛說的那件事，順便和瑋珊商量一下。」

「什麼事？」葉瑋珊意外地問。

「嗯，變體的事，瑋珊幫我想想也好。」賴一心點頭說。

「變體？」葉瑋珊微微一怔說：「既然有事，去你們房間一起談吧？」

「我累死了想睡覺，你們去談。」沈洛年說：「別來吵我。」

「好吧，洛年先休息。」賴一心沒想這麼多，一面說一面向葉瑋珊的房間走。

葉瑋珊雖是跟了過去，但終於忍不住回頭白了沈洛年一眼。

沈洛年看著葉瑋珊那股又喜又羞的神態，不由得暗暗好笑，連忙走入房中，免得忍不住笑出聲來。

她那模樣還眞可愛……和初識時老是板著臉的樣子，實在差太多，沈洛年一面想，一面走入浴室脫光衣服，好好洗了個澡。

除了留下幾道淡淡的蚯蚓般疤痕外，身上的傷都好了……沈洛年看著鏡子，心中不由得有點感慨，自己不會飛、動作慢、沒有力氣，除了不怕妖炁之外，可以說什麼都不會，優點就是好像不大容易死，有那衣服止血護身，除了腦袋直接被砍掉，說不定還眞的死不掉。

沈洛年拿起放在一旁的血飲袍，上下看看，不禁有點訝異，今日在噩盡島上跑了一天，這血飲袍還眞的不會髒，既然一定要隨身帶著，又有保護功能，眞是不穿白不穿……明天就照懷眞當初的建議，把血飲袍穿在最裡面好了，反正這衣服又輕又薄，不管怎麼塞捲都不會不適。

不過現在要睡覺，不用這麼麻煩，沈洛年穿上血飲袍，鬆鬆地束上帶子，連褲子也不穿就走了出去。

走出浴室，沈洛年卻見到葉瑋珊和賴一心兩人，正坐在屋中圓桌旁等待自己。

這兩個人不好好談戀愛跑回來幹嘛？還好沒光著出來……沈洛年皺眉說：「怎麼了？」

「瑋珊有事情要問你。」賴一心先笑著說。

「什麼事？」沈洛年一面用毛巾抹著濕頭髮，一面走近。

葉瑋珊沒想到沈洛年居然只穿件連束帶都沒束緊、薄得不像話的古怪紅袍，全身還帶著熱騰騰的濕氣就走了出來，不禁有點尷尬，但又忍不住瞄了沈洛年裸露的胸口一眼……正中央那條傷痕，莫非是中秋那晚，他救自己時被鑿齒所傷的痕跡？平常看他不顯壯，但畢竟是男孩子，胸膛還是挺寬的，今早差點全軍覆沒，也是被他救了，這人雖然老是凶巴巴的，但其實……

沈洛年看著葉瑋珊突然呆看自己，還隱隱透出一絲不大該有的古怪氣味，驚訝之餘，不由自主地望向葉瑋珊那雙有些迷惘的大眼，兩人目光接觸的那一剎那，不知爲何，同時微微一驚，迅速別開目光。

葉瑋珊旋即恢復正常，回頭笑說：「洛年，我是要問你，我可不可以替你作主？」

剛剛大概是錯覺吧，那古怪氣氛又消失了。沈洛年稍微安心了些，坐下後才說：「作什麼主？」

「幫你談判。」葉瑋珊笑容一斂說：「說難聽點，就是利用你的優勢幫白宗爭取權益。」

「我不明白。」沈洛年皺眉說：「能不能用簡單點的說法？」

葉瑋珊笑容斂起，緩緩說：「那要從頭說起，你有注意到嗎……白宗只剩下我們十人了。」

沈洛年想了想，還是沒照劉巧雯的吩咐，直說：「我去噩盡島之前，和巧雯姊碰過面，她有提到這件事。」

沈洛年和劉巧雯碰過面，葉瑋珊似乎不覺得意外，她思忖了一下說：「巧雯姊……在噩盡島的戰役開始之前，她認爲白宗終究會被人犧牲掉，向總門投誠才能保持實力，和宗長起了爭執……最後她把贊同她想法的人帶走，加入總門，並且讓那些剛入門不久的內聚者，轉練兼修派的功法。」

「其他人我不意外，那四個人怎會跟著走？」沈洛年說。

賴一心和葉瑋珊都知道，沈洛年指的是當初葉瑋珊徵選收入，後來調給奇雅那組的四個「西地高中」同學。

「他們比我們還早來夏威夷。」葉瑋珊頓了頓說：「聽說那段時間，巧雯姊挺照顧他們，另外，他們似乎和瑪蓮、奇雅也處不大來，所以就選擇和巧雯姊走了……不過私下有跟我和一心道歉過就是了。」

「這倒無所謂啦。」賴一心笑說：「反正都是對抗妖怪，在哪個陣營都一樣。」

「你每次都說一樣。」葉瑋珊不大高興地說：「難道就可以讓白宗消失嗎？」

「我和妳不會離開就好了呀。」賴一心呵呵笑說，一點也沒留意到這話有點兒太過親熱。

葉瑋珊臉微微一紅，白了賴一心一眼，又偷瞄了沈洛年一眼，咳了一聲，回到主題說：「我提到這件事情，是因爲巧雯姊判斷的其實也有道理，當時果然把我們這些小宗派派出去當前鋒，若不是運氣好，加上你……特地來救援，也許白宗就這麼覆滅了。」

沈洛年有點不明白，微微皺眉說：「如果感覺對方要坑你們，乾脆不理會他們，回去不就成了？」

「我們可以這樣，但白宗不可以。」葉瑋珊說：「我們還是學生，堅持要回去，別人也不便逼我們留下，但白宗若是全體抽身，下場會像何宗一樣……」

也就是說，因爲不能只留下白玄藍、黃齊、瑪蓮、奇雅四人，所以白宗十人就全留下了……沈洛年明白了問題所在，接著問：「那和我有什麼關係？」

「你還不知道自己很重要嗎？」葉瑋珊說：「你這種觀測妖炁的能力，現在還沒出現第二個，若你肯留下，他們什麼條件都會答應的……當然，前提是……你願意留下。」

雖然自己很想回去，但還沒找到懷眞，總不能這樣就走了，沈洛年停了幾秒才說：「找到懷眞前，我會留一陣子。」

提到懷眞，三人的表情都凝重起來，葉瑋珊停了片刻才說：「我會提出要求，說你只有和我們在一起才肯出任務，這樣的話，一方面他們不會再派我們犧牲，二來也許可以更任性一點，做點我們想做的事情……」

「妳想做什麼？」沈洛年好奇地問。

「比如一心剛剛跟我說的事情……」葉瑋珊手指輕敲著桌面，一面思索一面說：「運來白宗庫存妖質之後，我們得到噩盡島上測試是否有效，若還在總門管制下會很難辦。」

「咦？等一下。」沈洛年睜大眼說：「妳眞要讓他那樣做？還大家一起？風險太大了吧。」

「不。」葉瑋珊說：「我和一心先測試，沒問題才讓別人跟進。」

「妳也……妳也亂來？」沈洛年忍不住瞪著葉瑋珊。

「我不一起提升的話，能迫入一心體內的妖質有限，測試不出結果。」葉瑋珊明亮的眼睛，回望著沈洛年說。

「這樣做……」沈洛年說：「就算成功，也可能以後會不能離開噩盡島……」

「嗯。」葉瑋珊說：「不過預言似乎是說……這世界以後可能都會變成那樣，倒也不用太擔心。」

「到底是什麼預言啊？」沈洛年一直沒問，這時忍不住說：「聽你們提過好幾次了。」

「就是預言呀。」葉瑋珊說：「傳說預言者是白澤的後代，所以很厲害，會看到未來的發展。」

「白澤？那不是神獸嗎？怎麼後代會變人類？」沈洛年頭疼了。

「這我也不清楚。」葉瑋珊苦笑說：「預言的消息，都是大陸那邊傳來李宗，李宗再告訴宗長的。」

「嗯。」沈洛年大概明白了，想想就說：「我知道了，但是……老實說，就算一起行動，我也未必會聽你們的話喔。」

「知道啦。」葉瑋珊好笑地說：「你脾氣最大了。」

「還有，找到懷眞後，我可能就走了喔。」沈洛年又說。

「我們的首要目標也是找到懷眞姊，畢竟她救了大家。」葉瑋珊突然說：「我眞是無法想像，一心說懷眞姊當時爆出一股特別的炁息，只用一雙手就架住了刑天的巨斧？這是眞的嗎？她看來明明沒有炁息……難道你也可以？」

「我完全不行。」沈洛年皺眉說：「她很多古怪，我也不知道。」

「就是因爲看到懷眞姊有這能力……」一陣子沒說話的賴一心，緩緩開口說：「我才相信人類應該不只能這樣。」

她不是人！沈洛年看著賴一心，眞想把這句話直接喊出口。

葉瑋珊笑了笑，站起說：「總之你願意協助我們，那白宗的處境就會好很多了，想談條件也好談。」

眼看葉瑋珊要走，沈洛年突然說：「瑋珊，等等。」

「嗯？」葉瑋珊回過頭。

「能不能想想辦法……」沈洛年遲疑了一下說：「讓酖族那六名女子回家鄉。」

「酖族？」葉瑋珊一時沒會過意。

「就是符宗馮鳶姊她們，當時和我一起那六個人。」沈洛年說：「她們其實不是道武門

的，也不習慣作戰，很想回去……如果可以的話……」

「我明白了，這幾天應該會開會，我會試試。」葉瑋珊說：「她們六人似乎沒練四炁訣，又只會防守，對總門來說，重要性遠不如你，該不難辦。」

「太好了，那就拜託妳了。」沈洛年這可高興了，這件事情他一直不知該怎麼處理，葉瑋珊肯幫忙就太好了。

走到門前，葉瑋珊突然停下腳步，回頭說：「對了，還有一件事，一心。」

「怎麼？」賴一心站起。

「以大量妖質進行二次變體的推測，別再告訴其他人了，傳出去的話，說不定會有人來搶妖質。」葉瑋珊嚴肅地說。

「誰都不能說嗎？」賴一心詫異地說：「連宗儒他們也不能說？」

「都別說。」葉瑋珊說：「他們若知道，一定想一起變體，如果有個萬一，白宗眞的全完了。」

「該不會吧？哈哈哈。」賴一心笑說：「我一直在想妖質化入體內時的反應變化，覺得成功機率很高耶。」

「別說啦！」葉瑋珊輕輕頓了頓足。

「好啦。」賴一心說：「先不說就是了，成功以後總可以說吧？」

「成功以後也不能到處說！洛年，你也幫我勸勸一心。」葉瑋珊蹙眉說：「他每次想到了什麼好辦法，老是不分親疏，巴不得全天下的人都學會……這樣子太吃虧了，這以後是白宗的祕密！」

原來賴一心是這種個性，難怪這麼誨人不倦，沈洛年看著正在乾笑的賴一心，搖搖頭說：「你不擔心別人把你想出的東西都學會，之後追上你嗎？」

「不很擔心耶。」賴一心笑說：「我也會繼續想新的啊。」

這人已經沒救了，沈洛年對葉瑋珊搖了搖頭，表示自己無能為力。

葉瑋珊苦笑了笑，向兩人道了晚安，轉身離開房間。

□

次日清晨，三人穿上便服，在飯店用了精緻的早餐，之後買了三份總匯三明治，要帶給住在十樓的黃宗儒等人。

敲了敲門，裡面傳來侯添良的怪叫：「門沒鎖，自己進來。」

怎麼回事？他們雖然行動不便，但也並非不能走路，爲什麼不鎖門？賴一心推開門，卻見三人正你推我擠地湊在兩台電腦前，一邊黃宗儒正在研究著什麼，另一邊侯添良和張志文兩人正在搶滑鼠。

「滅團了吧，哈哈，輪我！」侯添良正叫。

「這人是不是用英文罵我啊？」張志文看著螢幕，不甘不願地鬆手，一面說：「另外創個職業玩看看啦。」

黃宗儒則抬起頭往門口望，一看，他詫異地說：「洛年？」

「洛年？」侯添良和張志文同時抬頭，看到果然是沈洛年，都蹦了起來，但這麼一跳，也不知道是不是拉到受傷的地方，兩人都齜牙咧嘴的，看來十分痛苦。

「你們還好嗎？」葉瑋珊笑說：「早餐買來了。」

「瑋珊謝謝啦。」張志文接過，一面望著沈洛年身後說：「懷眞姊呢？沒一起來？」

「沒找到。」沈洛年搖了搖頭。

瞬間房裡的氣氛沉重起來，眾人停了幾秒，侯添良忙說：「一定會找到的，等我們身體好了陪你去找！」

沈洛年微微搖了搖頭，換個話題說：「這兒還有提供電腦？」

耶。」

「還可以上網。」黃宗儒馬上說：「一段時間沒碰遊戲了，居然出了一個很棒的新遊戲

「對，我們邊亂玩，邊等無敵大研究好教我們。」侯添良坐回電腦前說：「輪我了。」

「都是英文說明，看線上翻譯很難懂，尤其是技能說明……還好有些國內論壇的心得分享可以參考。」黃宗儒回頭有點興奮地說：「這是智能副本喔，每次進去，怪物的攻擊方式、路線、分配都會有大幅度變化，也因此怪物不會強得離譜，考驗的是臨場反應和團隊默契，不是考記憶力和查攻略的能力了。」

「對啊！」侯添良嚷：「以前一大群人出團，每天你站左邊我站右邊，怪物A我們就B，怪物C我們就D，統統規定好，然後照劇本演個三小時最後等分寶，幹！超無聊。」

「有什麼不好？你後來跑去玩那個專門打架的遊戲不是也玩不久？」張志文說。

「對啊。」侯添良說：「那個故事性很低，打久也無聊。」

「可是副本每次變的話，像是每次都在拓荒。」黃宗儒笑說。

「拓荒才好玩啊。」侯添良說：「設定也沒變態到不可能一次過，這樣玩起來剛剛好。」

「嗯，我也覺得不錯。」黃宗儒瞇著眼睛看網頁，一面說：「問題就在於智能系統做得好不好了，單純只是亂數出怪的話，未必比精心設計的副本好玩，咦，這兒寫著……BOSS和

小怪的行爲模式，有可能是其他玩家控制、設定……控制者打贏有獎金，輸的話也會扣錢，沒動作的話智慧系統會自動接手。」

「眞的嗎？」張志文嚇了一跳說：「人控的BOSS怎麼打得過？會不會作弊故意輸？」

「所以王不會太強……」黃宗儒上下看看又說：「控制BOSS的人，無法和玩家對話，只顯示無ID的基本模組，應該沒有作弊的問題，輸率太大也會被取消資格。」

「我也想玩BOSS，能不能先隱身然後偷襲秒掉牧師？」張志文心癢地說。

「要先練到一個程度才有資格報名啦。」黃宗儒說：「這遊戲的肉盾不是用嘲諷系統，是用技能承接他人傷害，偷襲沒用。」

「好像很好玩……」張志文嘆口氣說：「可惜，等傷好應該就沒時間玩了。」

「嗯……」黃宗儒點點頭，似乎也有點惋惜。

這一串話，沈洛年、賴一心、葉瑋珊可就聽不大懂了，都沒辦法接話，眼看他們總算告一段落，沈洛年這才說：「你們都還好嗎？」他上下看看眾人，沒打石膏也沒包繃帶，看不大出來傷在哪兒。

「他們主要是關節挫傷和臟腑震傷。」葉瑋珊接口說：「大概要靜養半個月。」

「勉強還可以走動啦。」張志文嘿嘿笑說：「你們姊弟很厲害喔，你一個人殺了幾十隻鑿齒，懷眞姊更誇張，居然和刑天對打，是有什麼特別的法門嗎？」

他們依舊以爲懷眞和自己是姊弟，葉瑋珊沒說嗎？沈洛年看了葉瑋珊一眼，回頭說：「我只是用一心教我的辦法偷襲，懷眞我也不清楚。」

「他想跳槽啦。」侯添良一面玩遊戲一面嚷：「說胡宗好像比較厲害。」

聽到這話，葉瑋珊和賴一心不禁微微一怔，張志文可急了，回頭罵：「臭猴，我是開玩笑啦！你亂說什麼。」

侯添良目光一轉，看到葉瑋珊的表情，這才發現自己說錯話，連忙尷尬地笑說：「對啦，我們是開玩笑，瑋珊別在意，蚊子不會跳槽的，他敢跳槽我幫妳扁他。」

「其實胡宗只有洛年和懷眞姊兩個人，和我們本就像一家人一樣啊，哪需要跳槽？」張志文笑說：「洛年，你沒練炁功，怎能打破鑿齒的護體妖炁啊？」

沈洛年不知該怎麼回答，皺起眉頭說：「不知道。」

眾人都微微一愣，其實這個問題，不只張志文有疑惑而已；賴一心是把這當成一個挑戰，想自己找出原因；葉瑋珊、黃宗儒是怕沈洛年不高興，不敢詢問；至於侯添良是根本還沒想到這問題，但不管大家心中怎麼想，卻都沒想到沈洛年會這麼回答。

張志文笑說：「不想說也沒關係啦，何必說不知道？」

「那就當我不想說吧。」沈洛年說。

這一說，張志文可笑不出來，侯添良聽得不順耳，皺眉說：「洛年，不用這樣講吧？」

不爽了嗎？沈洛年早已習慣，聳聳肩說：「我回房去。」一轉身，往外走去。

葉瑋珊一怔，給了賴一心一個眼色，追出門外找沈洛年去了。

「你們倆幹嘛啊？」黃宗儒這時才開口。

「我沒幹嘛啊。」侯添良扔開滑鼠說：「洛年沒必要這樣吧？大家自己人，幹嘛開口就嗆蚊子？」

「不是我要說，洛年似乎沒把我們當自己人。」張志文靠著床鋪，不大愉快地說：「不過他救了我們，也不能說什麼，好吧，以後只當他是救命恩人可以吧？」

「這又何必？」黃宗儒嘆氣說：「洛年只是說話不委婉，他不想說的事何必逼他？」

侯添良一想也對，瞪了張志文一眼說：「對啊，你問個不停幹嘛？老是想變強，不會靠自己喔？幹，洛年哪邊對不起我們了？」

「變我錯了喔？」張志文火氣上湧，生氣地說：「上次差點被那個無頭妖殺到滅團，你們不想變強嗎？這又不能點選復活重來一次，不夠強會眞死人耶，他既然有辦法又不肯說，還當我們是朋友嗎？」

「就算他沒當我們是朋友，也不用吵起來啊，以後見面多尷尬？」黃宗儒說。

張志文本就沒想要弄成這樣，剛剛嚷那一串也不過是有點惱羞成怒，但事情發展到這樣，他也不知該怎麼辦，只好悶著不說話。

「其實，洛年本來就很少主動和我們說話。」侯添良想了想說：「他可能本來就不想交朋友吧？」

「嗯……」這話黃宗儒倒是沒法反駁，想想說：「每個人個性都不同，公會裡面也有很少說話，但遇到事情很願意幫忙的人啊，沒必要勉強人家改變習慣。」

「知道了啦，無敵大會長。」侯添良笑說：「蚊子，去跟洛年道個歉就沒事了啦。」

「道歉？」張志文板著臉說：「道歉是無所謂，你教我要怎麼說？說我不該想活下去？」

「幹！你不想道歉就算了，別把脾氣發到我頭上。」侯添良瞪眼說。

「就說你那麼說沒惡意就好了。」黃宗儒打圓場說：「我看洛年剛剛也沒生氣，只是覺得既然你們兩個不高興，他就避開了。」

「和我也有關係喔？」侯添良皺眉說：「那我陪蚊子去道歉……幹！臭蚊子你別拿翹，要不是懷眞和洛年，我們死好幾次了，人家幹嘛當你是朋友，欠你的啊？」

「知道了啦！」張志文不大甘願地說。

眼看三人討論完畢，一直保持沉默的賴一心，這才開口說：「別擔心，我們一定都會變強的，那辦法應該很有機會……唔……」

三人一怔，都轉頭看著賴一心，等他繼續說。

漏口風了……賴一心吐吐舌頭，換個話題說：「那個，昨天遇到刑天時，宗儒其實不該硬接，我們以前討論過，敵方太強的時候，盾牌和炁牆都要變形側面化力，你內炁凝聚如實，若是沒被擊碎，對方的妖炁滲不進去。」

「我知道。」黃宗儒有點尷尬地說：「只是那時大家都倒了，我嚇呆……就忘了。」

「我若是借力化力，不要硬頂，應該也可以多撐兩招，但當時若不上去硬接，瑪蓮就危險了。」賴一心沉吟說：「遇到強敵她們倆不能站前面，陣式需要調整，大家實戰經驗不夠，第一次遇到強敵都傻掉了。」

「等一下！」張志文沒讓賴一心混過去，瞪大眼睛說：「一心，你剛講的『辦法』不是這個吧？」

「呃……」賴一心果然很難忍住，想想乾笑說：「最近已經有些想法了，不過瑋珊要我別急著說，因爲還要試驗。」

張志文興趣來了，湊近說：「透露一點吧？」

「瑋珊會罵我，她說你們一定忍不住想一起測試。」賴一心乾笑說：「這方法還有風險，失敗會死的。」

「會失敗嗎？」黃宗儒也忍不住問。

「我是覺得不會啦，哈哈哈。」賴一心笑說：「對了，這辦法也是洛年答應幫忙才可行的喔。」

還說人家不夠朋友？這下黃宗儒和侯添良都瞪了張志文一眼，張志文知道有辦法變強，心情又不同了，當下癟嘴站起說：「知道了啦，我去道歉可以吧？一心你們住哪間？」

「你們行動不方便，我叫他來吧。」賴一心走到分機旁笑說：「他不會介意的。」

賴一心按下分機號碼，沒想到過了半天，卻沒人接電話，換了葉瑋珊房間，也一樣無人應答。賴一心掛上電話，有點意外地說：「他們可能出去了，忘了問瑋珊這兒手機該怎麼撥……我出去找找看好了，看看有沒有在樓下。」

這時房間裡的電話突然響了起來，四人一怔，賴一心馬上接起。

「一心嗎？我在一樓大廳。」果然是葉瑋珊的聲音：「他們怎樣了？」

「沒事。」賴一心說：「洛年呢？他們說想跟洛年道歉。」

葉瑋珊停了幾秒，似乎正和沈洛年說話，過了片刻她說：「洛年要他們別在意，他沒有不

高興，對了，我和洛年有事出去一下，你照顧一下他們喔，中午前會回來。」

「喔？好的。」賴一心倒有點意外，答應之後放下電話，回頭說：「洛年說他沒有不高興，你們別在意。」一面轉述了葉瑋珊的話。

「洛年和瑋珊……他們兩人出去玩喔？怎沒叫你去？」侯添良愣愣地問。

「喂！呆猴！」張志文忍不住從後面輕踹了侯添良一腳。

「呃……」侯添良一怔，忙說：「一心，一起來玩遊戲吧？這很好玩喔。」

「不用了。」賴一心笑著往外走，一面說：「你們玩，我回房靜心想想功夫的事情，有事隨時打分機一八〇八聯繫我。」

等賴一心離開，張志文馬上痛罵：「你這笨猴，哪壺不開你提哪壺！」

「我沒想到嘛！」侯添良搔著腦袋說：「瑋珊和一心不是一對嗎？怎麼……」

「緊張緊張、刺激刺激！」張志文假裝拿著麥克風說：「白宗會因爲這件事而二度分裂嗎？」

「去你的。」侯添良罵完，嘆了口氣說：「有女人緣眞好，我也想要女生陪我出去玩。」

「宗長阿姨不算在內，我們隊裡面很多女生可以追啊，而且都是美女。」張志文賊笑說：

「快選一個。」

「瑋珊是一心的，小睿是無敵大的。」侯添良不管黃宗儒的抗議聲，接著說：「奇雅根本不理人，至於瑪蓮阿姊……幹！瑪蓮雖然身材一級棒，可是太有男子氣概了，吞不下去。」

「還挑呢。」張志文笑說：「不然學洛年啊，管他是誰的，搶了再說，去跟無敵大搶小睿吧。」

「你們別鬧了。」黃宗儒皺眉說：「小睿聽到會生氣的。」

「你快點把生米煮成熟飯，她就不會生氣了。」張志文笑說。

黃宗儒臉微微一紅，白了兩人一眼，回頭繼續看網頁，一面說：「瑋珊和洛年不一定是去玩，你們想像力太豐富了。」

「其實我有遠大的目標！」張志文一轉念，得意地說：「我要變強、去噩盡島救出懷真姊，看她會不會因此感動、以身相許。」

「不，救出懷真姊的是我，懷真姊也是我的！」侯添良湊熱鬧般地跟著嚷。

黃宗儒搖頭說：「你們兩個……」

「你有小睿了，別來搶懷真姊。」張志文搶著說。

黃宗儒嘆了一口氣，不理兩人了。

ISLAND

化妝術好神奇

不久前，沈洛年剛離開三人房間，葉瑋珊旋即追了出來，兩人一前一後走到電梯前，葉瑋珊湊近，試探地說：「生氣了嗎？」

「沒生氣。」沈洛年說：「妳跑來幹嘛？我只是回房。」

這時電梯打開，兩人走進去，葉瑋珊搶著按下一樓，一面說：「去咖啡廳坐一下好嗎？」

現在再要按十八樓也來不及了，沈洛年看著電梯往下，一面說：「妳是想開導我還是幹嘛？我沒事啊。」

「只是聊聊。」葉瑋珊瞄了沈洛年一眼，微笑說：「不行嗎？」

「那怎麼不回房？」沈洛年說：「幹嘛花錢喝咖啡？」

葉瑋珊微笑說：「那裡環境比較適當。」

沈洛年一怔，明白了葉瑋珊的意思，她是不想和自己孤男寡女同處一室，也許不只是自己，昨晚她不就找了個理由，把賴一心帶回自己那間房？這女孩這麼保守，賴一心又不大開竅……他倆的感情路看來會挺艱辛。

兩人離開電梯，剛走到咖啡廳口，葉瑋珊卻突然一怔停下，沈洛年順著她目光望去，卻見裡面一個區域，坐了七、八個人，爲首的正是李宗宗長李歐，他兒子李翰也在一旁，一群人似乎正臉色沉重地商量著什麼。

「真討厭……我們去對面的酒吧好了。」葉瑋珊扭頭轉身說：「這些討厭的老頭，學人家去什麼咖啡廳？」

「喂？」沈洛年吃驚地說：「妳想喝酒嗎？」

「酒吧也有無酒精飲料。」葉瑋珊說：「我不想和李宗的人在一起。」

「喔。」沈洛年也不多問，順著葉瑋珊走。

但走沒兩步，葉瑋珊的行動電話就響了起來，葉瑋珊有點意外地接起，她避開一旁，對那端說了幾句話，這才收起電話，回頭對沈洛年說：「還好昨晚和你談妥了。」

「怎麼？」沈洛年有點意外。

「今天下午總門要開會，想請你代表胡宗出席。」葉瑋珊咬著唇，有點惱火地說：「居然不邀我們……連客套一下都沒有。」

「那妳怎麼說？」沈洛年說。

「我就說，白宗和胡宗是一體的，你的事情由白宗負責。」葉瑋珊嘟著嘴說：「對方馬上改口說，沒邀白宗是考量到宗長正在醫院，請我別誤會，知道我可以代表白宗後，改邀我和你一起去，我答應了。」

「啊？」沈洛年皺眉說：「妳去不就好了？我還是要去啊？」

「當然，不然口說無憑，怎麼證明我可以代表你的意見？至少第一次你得陪我去。」葉瑋珊看看自己，又看看沈洛年，見兩人都是牛仔褲配運動服，她搖頭說：「去那種場合，我們不能穿這樣，會被瞧不起。」

「嗄？」沈洛年瞪眼說：「怎麼不行？」

「我們年紀本來就太輕了，還穿這樣，會增加談判的困難度。」葉瑋珊沉吟了一下說：「得買幾件不失禮的裙裝，套裝似乎又太正式……你也得換西裝，走，我們出去一趟。」

「現在嗎？」沈洛年詫異地說。

「剩下時間不多，我們去問一下飯店經理，看看這附近有沒有適當的商店。」葉瑋珊一轉身，領著沈洛年往櫃台走。

沈洛年這才知道，葉瑋珊的英文居然挺流利的，不愧到哪兒都是第一名，只聽她和經理嘰哩呱啦了一陣子，又拿起櫃台電話，卻是和賴一心通話。

講了幾句，葉瑋珊突然停下，掩著話筒回頭說：「一心說，添良、志文想向你道歉。」

「不用。」沈洛年搖頭。

葉瑋珊白了沈洛年一眼，回頭對電話說：「洛年要他們別在意，他沒有不高興，對了，我和洛年有事出去一下，你照顧一下他們喔，中午前會回來。」

葉瑋珊掛了電話，沈洛年忍不住瞪大眼睛說：「欸……我有說這麼多嗎？」

「你確實說過沒生氣，我可沒有造謠。」葉瑋珊說：「可以說得好聽點，爲什麼硬要說成那樣？」

「我比較喜歡這樣。」沈洛年皺眉說。

「你像是很努力想得罪人，把別人都趕開，這是爲什麼？」葉瑋珊疑惑地說。

沈洛年看了葉瑋珊兩眼，停了幾秒才說：「沒有朋友，有優點也有缺點……我很早就發現，那些缺點我一點都不在乎，但是優點我倒是很喜歡。」

葉瑋珊想了想，輕嘆一口氣說：「你也有你的道理……」

沈洛年又說：「還有，我衣服不用買了，我來得很急，沒有準備這兒的錢。」

「我有換好美鈔，還有帶信用卡。」葉瑋珊抿嘴一笑，看著沈洛年說：「就算你不想換，難道你要讓我一個人去買嗎？」

這話不說，沈洛年還沒想起，當下瞪眼說：「讓一心陪妳去啊！」

葉瑋珊臉龐紅了起來，白了沈洛年一眼嗔說：「難道讓你留下來照顧他們三個嗎？」

「呃……」沈洛年可說不出話了。

「走吧。」葉瑋珊得意地一笑，轉身往外走去。

走出兩條街，兩人到了飯店介紹的女裝店，沈洛年不肯走入店中，只留在門外皺著眉等候，卻沒想到這一等就等了快一個小時，等得他七竅生煙、火冒三丈，葉瑋珊這才提著好幾大袋走了出來。

「妳是去幹嘛了？順便去哪兒殺妖怪了嗎？」沈洛年怒沖沖地說。

「選衣服啊，哪有很久？紳士一點，別這麼容易生氣。」葉瑋珊似乎心情挺好，笑著說：「既然來了，多買兩套，也許不只開一次會。」

葉瑋珊這般笑吟吟的，害沈洛年一肚子氣發不出來，只好氣悶地說：「誰開一次會就換一套衣服？」

「你不知道啦。」葉瑋珊抿嘴笑說：「走，去買你的西裝。」

「我不用了！」沈洛年怒氣未息，搖頭說：「等會兒又搞掉一個小時。」

「男生不用這麼久。」葉瑋珊噗嗤笑說：「買幾件現成的就好。」

看沈洛年仍在遲疑，葉瑋珊輕嗔說：「沒什麼時間了，快點。」

「還是不要了，沒穿過那種東西。」沈洛年猛搖頭說。

「如果讓你穿這樣，我不是白買了嗎？」葉瑋珊輕跺腳說。

「啊？」沈洛年一呆，見葉瑋珊已經先轉身走了幾步，又回過頭笑著對自己招手，他只好嘆了一口氣，繼續往下一個店家走去。

□

總算在中午前回到飯店，兩人先回到房間，和賴一心碰面，之後葉瑋珊出了主意，把午餐叫到黃宗儒他們的房間去，六人一起用餐。席間沈洛年和張、侯碰面，一開始當然有三分尷尬，不過兩方的爭端本就不是什麼大事，沈洛年也沒放在心上，大家說笑幾句，聊聊那個網路新遊戲，事情也就這樣過去了。

看看時間差不多，葉瑋珊站起說：「洛年，我先去準備，半小時後，你可以換好衣服等我嗎？」

「喔，好。」沈洛年突然一怔說：「妳幹嘛搞半小時？」

「洗個頭重吹，稍微打點一下，半小時很趕了。」葉瑋珊微微一笑，轉身去了。

不就只是個長直髮嗎？有什麼好吹的？沈洛年這輩子沒交過女朋友，完全無法理解。

吃飯的過程中，眾人已經知道兩人早上去購物，下午要去開會，這時看著葉瑋珊出房，張志文望望眾人，突然說：「瑋珊現在好像比較常笑。」

「嗯。」賴一心笑說：「這樣好看多了喔？」

賴一心的這句話，等等可得告訴她，八成又可以看到她臉紅的模樣，沈洛年暗暗得意，嘴角不禁露出微笑。

「對啊。」侯添良說：「以前老是板著臉，現在這樣好多了。」

「那是因爲以前學校不少無聊人會纏著她。」賴一心說：「所以她才裝出那個樣子，現在是把大家當自己人，她就不會板著臉了。」

「瑋珊不知道買了什麼衣服……」侯添良想了想說：「洛年，你們開完會，回來別急著換掉，來讓我們看看吧。」

「嗄？」沈洛年吃了一驚，詫異地說：「西裝有什麼好看的？」

「他當然是想看瑋珊啦。」張志文嘿嘿笑說：「不是要看你啦，可以放心。」

「幹，看看又不犯法。」侯添良的黑臉有點發紅，手肘推了張志文一把，對賴一心說：「一心你別吃醋嘿。」

「啊？」賴一心笑說：「你們誤會了，我和瑋珊只是好朋友。」

「都說是自己人了，還這麼見外？」張志文笑說：「我們不會去開瑋珊玩笑的。」

「眞的誤會了。」賴一心沉吟了一下，說：「未來會怎樣誰也不知道，現在眞的什麼都沒有。」

張志文等人聽賴一心這麼說，也就不追問了，三人話題又轉到了線上遊戲，但沈洛年聽到賴一心的說法，不知爲什麼心中冒起了火氣，突然忍不住說：「你沒興趣的話，就早點跟人家說清楚。」

「呃？」賴一心微微一呆，侯添良等三人也馬上閉上嘴，目光都轉了過來。

「瑋珊對你怎樣，傻瓜才看不出來。」沈洛年站起說：「自己想吧。」一面要往外走。

「洛年！」賴一心叫了一聲。

沈洛年轉過頭，看著賴一心，只見賴一心說：「我會去想的。」

這人只是少根筋，畢竟是個好人，沈洛年反而有點不好意思，點頭說：「這樣對你們都好，我先去換衣服。」

沈洛年回到房間，一面換衣服，一面暗暗自責，剛剛那件事可不能跟葉瑋珊說，她臉皮挺薄，知道自己多事，非和自己翻臉不可……想想，沈洛年突然一怔，媽的，自己什麼時候開始怕別人翻臉了？

沈洛年的衣服也沒什麼特殊的，就是很單純的西裝褲、襯衫，還外加一件西裝外套，不過他打死也不肯繫領帶、領結，最後葉瑋珊只好讓步，買了件比較少見的無領襯衫。

沈洛年因爲提早上來，七早八早就穿妥了，只好看著時鐘發呆，等啊等的，忍到剩下五分鐘，他忍不住撥了個電話過去。

那邊電話剛接起，沈洛年便喊：「好了沒？」

「快好了。」葉瑋珊說：「欸，穿膚色絲襪比較好還是無色的？」

「誰管妳啊！隨便！」沈洛年只差沒跳起來。

「沒耐性。」葉瑋珊似乎已經不怕沈洛年發脾氣了，等他叫完，一點也不在意地接著說：「懷眞姊好像都穿無色的？」

那狐狸根本連內褲都不穿！沈洛年沒好氣地說：「她不穿那種東西！」

「喔？」葉瑋珊似乎有點疑惑，想了想說：「可以出來等我了。」

「好。」沈洛年掛上電話，走出房間，在葉瑋珊門外踱步轉圈圈。

大概轉了十七、八個圈子，葉瑋珊才打開房門，往外走了出來。

她上身穿著件襯衫造型的深灰色長袖窄領服，下半身穿著件及膝黑色褶裙，雙腿穿著無色透明絲襪、踩著雙絨質高跟鞋，提著個方形黑皮小包，輕快地往外走。

在一般女孩中，葉瑋珊體型算偏瘦了些，並沒有瑪蓮、吳配睿這麼健美，但相對地，除了腰部纖細外，她的小腿曲線也十分漂亮，一蹬上了高跟鞋，更引人注目，沈洛年還是第一次看到她這樣裝扮，不禁多瞧了幾眼。

「欸。」葉瑋珊發現沈洛年的目光，輕嗔跺了跺腳。

「咳。」沈洛年回過神，有點尷尬地說：「妳穿高跟鞋？」

「我本來想買平底高統靴。」葉瑋珊微微皺眉說：「但是那個小姐硬是要我買這種，說我小腿……」說到這兒，葉瑋珊突然停口，卻是當時那小姐不斷讚美葉瑋珊柔美纖細的小腿和腳踝，要她一定得露出來，葉瑋珊自然不便對沈洛年轉述。

「小腿？」沈洛年又低頭往下看。

「沒什麼，別看了啦！」葉瑋珊臉頰微紅地說：「哪有人像你這樣看的。」

沈洛年被這麼一唸，突然微微一驚，自己什麼時候又開始對女人外貌感興趣了？這是好消息還是壞消息？想到此處，沈洛年忍不住又打量了葉瑋珊下半身兩眼。

葉瑋珊忍不住說：「再這樣我要生氣了。」

「妳生氣啊。」沈洛年才不在乎。

「你這人……」葉瑋珊一跺腳，搖頭往電梯走，一面好笑地說：「真不懂懷真姊怎麼被你追上的。」

這倒提醒了沈洛年，他跟在葉瑋珊身後說：「妳沒告訴他們，懷眞不是我姊？」

「我想，你們若願意說，自己會說。」葉瑋珊按了電梯鈕，轉身對著沈洛年說：「而且在這種狀況下，有些事情看得更清楚。」

是指賴一心嗎？沈洛年嘆了一口氣，目光望向葉瑋珊，卻不禁一呆，剛剛只顧看腿，這時一看臉，才發現葉瑋珊似乎變了一個人，本就白皙的皮膚，突然變得瑩潤如玉，那對水汪汪的眼睛莫名其妙地似乎變大了些，滑順的長髮黑亮如瀑，服服貼貼地左右披下，本來就挺醒目的葉瑋珊突然又美上三分，而且一下子又看不出來哪兒有化妝。

「幹嘛？」葉瑋珊發現沈洛年突然看著自己發呆，退了半步問。

「媽啦！」沈洛年罵了一句。

「什麼啦？罵什麼？」葉瑋珊好氣又好笑地頓足說。

眼看電梯門開了，沈洛年先一步跨進去，一面說：「我只是覺得化妝術好神奇。」

「哪有人這樣對女孩子說的！」葉瑋珊咬著唇走進電梯，一面說：「我以後要跟懷眞姊告狀。」

「別跟她說這種事。」沈洛年忙說，那狐狸本就喜歡取笑自己和葉瑋珊，給她知道這種事還得了，一定每天拿出來唸十次。

葉瑋珊笑說：「有什麼關係，你做賊心虛啊？」

「心虛就心虛，反正跟她說沒好事。」沈洛年說。

突然之間，兩個人同時想到「做賊心虛」用在這兒似乎不大妥當，一下子都有些尷尬，一直到走出飯店大門前，誰也沒說話。

葉瑋珊出門前，已經請飯店代叫計程車，走出大門，服務生拉開車門，指引著兩人上車，沈洛年一看吃了一驚，回頭對葉瑋珊說：「這麼大台啊？」

卻是眼前出現了一台白色加長型豪華禮車，這東西台灣可不容易見到。

「在這兒，這種車很多。」葉瑋珊之前來夏威夷開總門大會的時候，住了一段時間，對這些事比較清楚，她先一步鑽進了車子裡面。

沈洛年只好跟進去，一面說：「會不會很貴啊，這種？」

「還好，和一般的好像一樣，外面到處都是這種車。」葉瑋珊坐在沈洛年對面往外看，望著飯店旁海濱綠地上歡喜的人潮，露出笑容說：「看，每天都有人結婚，新娘好漂亮。」

「這島不是美國的嗎？」沈洛年望出去：「看起來都是東方人嘛。」

「似乎是因爲日本觀光客和日裔移民挺多，很多商店看到我們的東方臉孔，都會直接跟我們說日文。」葉瑋珊往另一邊指說：「你看公車上面還有日文呢。」

「怪地方。」沈洛年懶得看了，穿著西裝他渾身不舒服，當下靠回椅子懶懶地坐下。

不久，車子駛入市區，到了總門在檀香山市區租下的大樓，經通報後，很快就有總門的人出來接待，和兩人說了幾句客套話，跟著讓一名女子引兩人到個小廳等候，還送上了兩杯茶。

接引的女子皮膚褐黑，黑髮大眼，滿臉笑容，穿著簡單套裝，是這兒聘請的普通人，她送上茶水時，以有點生疏的中文夾雜著英文，頗殷勤地招呼兩人。

葉瑋珊以英文和她對答了幾句，那女子似乎挺高興能使用英文溝通，和葉瑋珊聊了好片刻，這才笑著離開。

等那女子離去，葉瑋珊坐在沈洛年身旁，湊近低聲說：「剛這女孩跟我說，他們這會早上就開始開了，這麼說來，叫我們兩點到，只是準備在結束前，要我們進去聽指示或問幾句話而已，看來不只是看不起我，也還不覺得該重視你。」

「哦？」沈洛年聞著葉瑋珊頭髮的香氣，有點不自在地說：「那現在怎辦？」

「不怕，你聽我說。」葉瑋珊湊得更近了點，低聲說了一串話。

媽的，原來女孩子連說話都會有香氣？那狐狸怎麼一點香味都沒有？

說著說著，葉瑋珊微微側頭，卻見沈洛年似乎有點失神，她訝異說：「有沒有在聽啊？」

「啊？」沈洛年一怔回過神，臉上難得地有點發紅，尷尬地說：「妳重說一次。」

「你在想什麼？」葉瑋珊望了沈洛年一眼，看他表情古怪，葉瑋珊微微一怔，臉龐也泛起一片薄紅，她退開些許，有些不高興地蹙眉低聲說：「別胡思亂想。」

「知道了。」沈洛年這才打點起精神，穩住心猿意馬，仔細聽葉瑋珊的計畫。

沈洛年其實也不是這麼沒定力的人，只不過這種對女人的心動感實在已經久違了，今日不知為何突然再度出現，而且此時兩人氣息相聞，刺激遠比過去強烈，他一時還眞有點享受這種被吸引與心動的感覺。

但心動歸心動，除此之外，沒有其他意義，一切到此為止，沈洛年過去一直都是用這種方式過日子，這次自然也不例外，聽完之後，他就沉默著沒再找葉瑋珊搭話，葉瑋珊也自己想著心事，沒多說什麼。

又過了二十分鐘，兩人終於被人請了進去。

走入會議室，那是個十公尺寬、二十公尺長的長方形房間，房間中央有個大長桌，但那大桌卻只有六人對坐，更外圍靠牆處放著三面椅子，則坐了三十多人。

那六個人，有四個是東方臉孔，另外還有一個白人、一個黑人，六人看起來都有五十歲左右，不過變體引炁者外貌不準，實際可能超過七十也不一定。

至於外圍那三十多人，也是各種人種都有，但看來還是東方人居多，畢竟道武門起源於東方……葉瑋珊目光晃過去，見到兩個熟面孔，一個是劉巧雯，另一個就是李宗宗長李歐，原來他們也有資格參與這場會議。

李歐早上還留在飯店，可能也是下午才被叫來的，看來他雖然代表台灣，卻也不能參與最高層的會議，自己和沈洛年更是被排到最後才能進場，這些人果然是看不起人。

沈洛年認識的可比葉瑋珊多了些，除了那兩人之外，還有段印、平杰和幾個自己救出的人，不過馮鴦卻不在其中，沈洛年不免有點掛念。

房間中，不少人耳朵上都掛著耳機，據說那是對聽不懂中文的人作即時翻譯，本來一般國際場合，很少會使用中文爲主要溝通語言，但因爲這房間有一半以上的人都使用中文，也就變成這樣了。

進入房中，兩人被引到沒人的那個方位，那兒空蕩蕩的，只放了兩張椅子，這樣的安排，彷彿將被整房間的人審問一般，讓人十分有壓力。

葉瑋珊雖已胸有成竹，但畢竟沒見過這種場面，一時之間還有點惶恐，不知該不該直接坐下，但沈洛年卻是天不怕地不怕的人物，何況葉瑋珊本就交代他別客氣，當下沈洛年二話不說就往椅子上坐了下去，蹺起二郎腿等著別人說話。

葉瑋珊看在眼裡暗暗好笑，不知不覺間也放鬆了些，於是也一整裙襬，併腿側身坐下，露出淡淡的笑容。

葉瑋珊雖然漂亮，又特意稍作打扮，但畢竟只是十幾歲的女孩，眾人頂多心中暗讚兩句，卻也沒多瞧，主要目光都集中在沈洛年身上，而看沈洛年那個目中無人的模樣，不少人都皺起了眉頭。

「這位是台灣白宗葉瑋珊葉小姐，今日暫代白宗宗長與會。」一個西裝筆挺、臉上滿是微笑的英俊青年，拿著一本手冊，站到兩人身側不遠說：「另一位是塗山胡宗沈洛年沈先生。」

什麼時候冒出「塗山」兩個字的？葉瑋珊一愣，看了沈洛年一眼；沈洛年則聳聳肩，回了一個眼神，表示自己也搞不清楚。

「沈小兄弟。」長桌上，一個滿面紅光、身材微胖的老者，微笑開口說：「這次多虧貴宗相助，救了不少同門出來。」

沈洛年正要開口，那青年突然搶著低聲說：「這位是總門日部之長──呂緣海部長，原屬長春呂宗，稱呂部長即可。」

沈洛年瞄了旁邊那個青年一眼，這才對呂緣海說：「不用在意。」

「沈先生感應妖炁的能力特別強，不知道是你個人獨特的能力，還是貴宗有特別的法門？」呂緣海頓了頓，微笑補充說：「請別誤會，我們沒有打探的意思，但若這種能力可以修煉產生，我們希望貴宗訓練更多這種人才，其他各方面，總門自然會全力支援。」

「抱歉，是我個人的能力。」沈洛年說。

呂緣海眉頭一挑說：「和縛妖派修煉法門無關？」

「無關。」沈洛年說。

這下眾人不免議論，沈洛年看得出來，整個房間裡面沒幾個人相信，不過他也不管這麼多，就這麼看著眾人。

突然桌上那個短髮瘦高黑人嘰嚕咕嚕地說了一串，坐他身後的翻譯馬上說：「你身爲縛妖派，爲何並未縛妖？」

沈洛年沒興趣認識人，不等那個英俊青年介紹，馬上說：「我不會。」

「沈小兄弟，似乎不大喜歡說話？」呂緣海又微笑說。

「沒錯。」沈洛年說：「所以有問題的話，最好別拐彎問。」

這話其實有點失禮，但呂緣海似乎並不在意，只笑說：「好吧，還有兩個問題，首先，貴宗是否有白澤圖眞本？」

「沒有。」沈洛年說。

呂緣海眉頭微微皺起，接著說：「那麼……據說貴宗宗長在噩盡島上與你相會，但前數日我們派出部隊進入噩盡島，各隊名單中並沒有貴宗宗長，請問這是什麼原因？」

「我只聽說她要來，至於她怎麼上島的，我不清楚。」沈洛年說。

「沈小兄弟。」呂緣海看著沈洛年的臉，緩緩說：「你沒有一個問題知道答案呢。」

「一來這是事實，二來……」沈洛年臉一板站起說：「我本就無需向你們報告任何事情，你們今天找我來，就是爲了這種無聊事情嗎？早說我就不來了。」

這話一說，四面馬上亂了起來，不少人忍不住破口大罵：「小子無禮！」「住口！」「放肆！」

「瑋珊，走吧。」沈洛年扭頭就走。

「站住！」外圍有人大喝一聲說：「你身爲道武門人，怎能不聽總門號令？一點規矩都沒有，給我留下！」

「那就把我開革了吧。」沈洛年回頭冷冷地說：「命令我留下？是美國法律還是中國法律？還是道武門在檀香山立國了？一群妄自尊大的傢伙，無聊。」說完，沈洛年不再停留，往外走了出去，還砰的一聲重重把門摔上。

按理來說，沈洛年身無炁息，這些人誰出手都可以攔下他，但畢竟這兒是法治國家，眾目睽睽下，總不能明目張膽地抓人，而且沈洛年最後一串話確實刺到了很多人心底。道武門是一個具有特殊能力的龐大武裝集團，又和中日韓有很密切的關係，雖然現在和世界各國軍隊密切配合，合作除妖，仍有不少國家對這組織頗有猜疑，若當眞主張有自己的法令規矩，甚至抓人迫供，可就落人口實了。

眼看沈洛年這般衝了出去，一下子沒人能說出話來，葉瑋珊在這時候緩緩站起，微笑說：「各位長輩，洛年個性衝動，不會說話，又沒什麼耐性，我替他向大家賠罪。」

一個小美女笑吟吟地賠罪，總是賞心悅目，眾人未必消氣，但多少會覺得有些舒坦，正微微點頭時，葉瑋珊目光四面一掃說：「爲了避免彼此不開心，如果有什麼事情需要胡宗幫忙，以後也許可以考慮讓白宗轉達……白宗雖然沒資格參與諸位的討論，但對除妖也想盡一分力，等本門傷者痊癒，我們將和胡宗合作，自行租購船隻出海，赴噩盡島除妖，各位長輩再會。」說完，葉瑋珊微微一笑，往外走了出去。

這話一說，屋內眾人不免譁然，正議論紛紛的時候，劉巧雯臉上卻不禁露出一抹訝異的神色……過去倒看輕了這丫頭，可比藍姊厲害多了……

葉瑋珊和等在門外的沈洛年一會合，兩人便往外直走，直到走出大樓，招了計程車、上車交待去向後，葉瑋珊才噗嗤一聲笑了出來，看著沈洛年說：「你眞的好凶。」

「是妳教我的。」沈洛年說：「不然我也想不到說那些話……對了，爲什麼要說什麼美國、中國法律、道武門立國啊？」

「這是道武門現在的隱憂。」葉瑋珊娓娓說：「道武門總門，主要是中方的解放軍部隊組成，總門之外勢力較大的，還有日、韓兩方軍隊，這次的除妖行動，他們因爲不想得罪歐美各國，選擇和美國合作，於是才在美國勢力範圍除妖，並讓美方提供最主要的軍事支援，這四個國家，就是現在道武門的四大勢力……」

「那桌上六人可能就分屬這四個勢力的？」沈洛年說。

「嗯，他們之間私下的衝突先不提，其他國家也不願無條件聽從號令，之前各宗派是因爲世界情勢和輿論壓力，不得不配合總門行動，但上次死了一大批人，其他國家宗派又大多被當成先鋒砲灰，聽話的人一定更少，今天我們把總門沒有眞正管治權的事情當眾點破，應該不少人會開始有自己的打算。」葉瑋珊頓了頓說：「這件事情他們不是不知，只是各國都不想得罪這四個勢力，誰也不敢開第一槍……但由你揭破，就完全不同了。」

「喔？」沈洛年聽得有點迷糊，詫異地說：「那他們會怎麼做呢？」

「我最後有說，白宗日後準備自行出海除妖。」葉瑋珊微微一笑說：「這是最好的藉口，除非和那四國政府有利益交換的國家，其他宗派應該都會用類似的理由離開，反正都是殺妖怪，何必聽人號令？除了鑿齒等特例，大多數妖怪不會成群結隊，除妖沒必要弄得像軍隊作戰一樣啊。」

原來是這樣……沈洛年點頭說：「這樣道武門的實力會降低嗎？」

「不會。」葉瑋珊搖頭說：「當那數萬人都練成炁訣，其他國家的幾千人，對他來說只是零頭而已，不影響他們的戰力。」

「好複雜。」沈洛年聽到後面，已經忘了前面，詫異又佩服地說：「妳叫我說那兩句話，居然有這麼多道理？」

「可是我沒你這麼凶，罵不出那幾句話。」葉瑋珊抿嘴笑說：「他們部隊要學會使用四炁訣，也至少要一個月時間，那時大家的傷也差不多好了……到時再上島測試一心的想法。」

「會不會有人和一心一樣，想到同樣的方式？」沈洛年問。

「到現在爲止，探入島內、待上兩天又活著出來的，也只有白宗。」葉瑋珊低聲說：「若沒深入到那兒、切實感覺到炁息的提升，該想不到這種事。」

沈洛年點點頭，放輕鬆地說：「那這段時間就沒事了？」

「本來該是這樣的，可是……你怎麼和白澤圖眞本扯上關係了？」葉瑋珊皺眉說：「這件事和感應妖炁不同，太重要了，他們說不定會來暗的，派人抓你走。」

「不關我事。」沈洛年搖手說：「那是懷眞的錯。」

「懷眞姊怎麼了？」葉瑋珊詫異的問。

「她告訴別人鑿齒怕海水啊。」沈洛年說：「別人就以爲她有什麼眞本了。」

「那東西應該早就失傳了。」葉瑋珊不追究這件事，沉吟說：「我們這兒現在都是傷兵，不方便保護你，要不要先回台灣避一避？但台灣也未必安全……」

「沒關係，有危險我就扔煙霧彈開溜。」沈洛年倒不是很在意自己的安全，想了想突然說：「妳剛說小宗派會四散，那……酖族她們也可以走囉？」

「是啊，忘了跟你說。」葉瑋珊微微一笑說：「她們應該和其他中方來的宗派一樣，被安排在借來的營區居住，我們現在就是往那兒去……她們該不會說英文吧？現在先去碰個面，我來幫她們協調處理回國的事情。」

事情交給葉瑋珊，果然是處理得面面俱到，沈洛年正想讚美幾句，突然心念一動說：「那麼我們最快也要一個月以後，才能重上噩盡島？」

「差不多。」葉瑋珊點頭說：「那時宗長、瑪蓮姊他們應該都痊癒了，總門那邊的要求也差不多會傳來。」

「妳說我該避一避，既然如此……」沈洛年突然說：「如果她們答應的話，我想跟酖族一起走，去雲南一趟。」

「什麼？去幹嘛？」葉瑋珊一呆，不明白沈洛年怎會突然冒出這個想法。

沈洛年思忖了一下，才說：「看能不能……學點東西。」

《噩盡島 3》完

繪
yimyin

下集預告

噩盡島 4

12月轟動登場！

竟然縛到妖了！

洛年隨酖族眾女回返故鄉，卻有重大發現。
酖族所侍奉的神靈究竟爲何？
古代道武門的線索竟在此出現？

想要學習咒戒法術尋找懷眞的洛年，竟意外縛到妖，
只不過這隻妖實在有點……

主張與妖怪和解共生的新興勢力，
將沈洛年視爲大敵而沿路伏擊，
他們的目的究竟是什麼？

噩盡島局勢日趨詭譎，主戰派與主和派各爭據點，
妖怪彼此亦戰鬥不休，更有人與妖的合縱連横……
勢孤力單的白宗與沈洛年，如何在爾虞我詐中求存？

莫仁最新異想長篇，即刻翻轉你所認識的世界！

蓋亞文化圖書目錄

書名	系列	作者	ISBN	頁數	定價
恐懼炸彈（新版）	都市恐怖病	九把刀	9789867450340	320	260
大哥大	都市恐怖病	九把刀	9789866815690	256	250
冰箱	都市恐怖病	九把刀	9789867929761	240	180
異夢	都市恐怖病	九把刀	9789867929983	304	240
功夫	都市恐怖病	九把刀	9789867450036	392	280
狼嚎	都市恐怖病	九把刀	9789867450142	344	270
依然九把刀（紀念版）	非小說・九把刀	九把刀	4710891430485		345
人生就是不停的戰鬥	非小說・九把刀	九把刀	9789866473029	384	280
不是盡力，是一定要做到	非小說・九把刀	九把刀	9789866473036	384	280
綠色的馬	九把刀・小說	九把刀	9789866815300	272	280
後青春期的詩	九把刀・小說	九把刀	9789866815799	272	250
樓下的房客	住在黑暗	九把刀	9789867450159	304	240
獵命師傳奇 卷一～卷十二	悅讀館	九把刀			各180
獵命師傳奇 卷十三～卷十五	悅讀館	九把刀			各199
獵命師傳奇 卷十六	悅讀館	九把刀	即將出版		
臥底	悅讀館	九把刀	9789867450432	424	280
哈棒傳奇	悅讀館	九把刀	9789867929884	296	250
魔力棒球（修訂版）	悅讀館	九把刀	9789867450517	224	180
都市妖1～14（可分售）	悅讀館	可蕊			2748
青丘之國（都市妖外傳）	悅讀館	可蕊	9789867450470	320	220
都市妖奇談 全三卷	悅讀館	可蕊	9789866815058		各250
捉鬼實習生 1～7（完）	悅讀館	可蕊	9789866815119	208	1406
捉鬼番外篇：重逢	悅讀館	可蕊	9789866815652	320	250
魔法師的幸福時光 1 舞蹈者	悅讀館	可蕊	9789866815768	240	199
魔法師的幸福時光 2 鏡子迷宮	悅讀館	可蕊	9789866815898	256	220
魔法師的幸福時光 3 空痕	悅讀館	可蕊	9789869473135	256	220
魔法師的幸福時光 4 古卷	悅讀館	可蕊	9789866473388	256	220
百兵　卷一～卷三	悅讀館	星子	9789867450456	192	各180
百兵　卷四～卷八（完）	悅讀館	星子	9789867450531	272	各199
七個邪惡預兆	悅讀館	星子	9789867450913	272	200
不幫忙就搗蛋	悅讀館	星子	9789867450258	308	220
陰間	悅讀館	星子	9789866815027	288	220
黑廟　陰間2	悅讀館	星子	9789866815577	256	220
無名指　日落後1	悅讀館	星子	9789866815362	336	250
囚魂傘　日落後2	悅讀館	星子	9789866815446	288	240
蟲人　日落後3	悅讀館	星子	9789866815713	208	240
魔法時刻　日落後4	悅讀館	星子	9789866473173	304	240
怪物　日落後5	悅讀館	星子	即將出版		
太歲（修訂版）　卷一～卷六	悅讀館	星子			各280
太歲（修訂版）　卷七（完）	悅讀館	星子	9789866815881	392	299
太古的盟約　卷一～卷四	悅讀館	冬天			各240
太古的盟約　卷五～卷九	悅讀館	冬天			各199
術數師　愛因斯坦被摑了一巴掌	悅讀館	天航	9789866815911	336	240
術數師2　蕭邦的刀・少女的微笑	悅讀館	天航	9789866473050	336	240
三分球神射手 1	悅讀館	天航	9789866473197	272	220
三分球神射手 2～3	悅讀館	天航			各240
東濱街道故事集　惡都1	悅讀館	喬靖夫	9789866815829	208	180
慈悲　惡都2	悅讀館	袁建滔	9789866473043	336	240
犬女　惡都3	悅讀館	袁建滔	即將出版		
惡魔斬殺陣　吸血鬼獵人日誌 I	悅讀館	喬靖夫	9789867450821	240	199
冥獸酷殺行　吸血鬼獵人日誌 II	悅讀館	喬靖夫	9789867450838	240	199
殺人鬼繪卷　吸血鬼獵人日誌 III	悅讀館	喬靖夫	9789867450920	240	199
華麗妖殺團　吸血鬼獵人日誌 IV	悅讀館	喬靖夫	9789867450937	368	250
地獄鎮魂歌　吸血鬼獵人日誌 特別篇	悅讀館	喬靖夫	9789867450999	192	129
殺禪　全八卷	悅讀館	喬靖夫			各180

＊實際定價以各書版權頁為準

誤宮大廈	悅讀館	喬靖夫	9789866815423	256	220
武道狂之詩 卷一 風從虎・雲從龍	悅讀館	喬靖夫	9789866473005	256	220
武道狂之詩 卷二 蜀都戰歌	悅讀館	喬靖夫	9789866473340	256	220
武道狂之詩 卷三 震關中	悅讀館	喬靖夫	即將出版		
天使密碼 01 河岸魔夢	悅讀館	游素蘭	9789866815386	272	220
天使密碼 02 靈夜感應	悅讀館	游素蘭	9789866815614	256	220
天使密碼 03 極夜夢痕	悅讀館	游素蘭	9789866815614	264	220
異世遊　全五卷	悅讀館	莫仁		304	各240
遁能時代　全五卷	悅讀館	莫仁			各240
噩盡島 1	悅讀館	莫仁	9789866473395	272	99
噩盡島 2～3	悅讀館	莫仁		272	各220
山貓　因與聿案簿錄 1	悅讀館	護玄	9789866815560	256	220
水漬　因與聿案簿錄 2	悅讀館	護玄	9789866815645	256	220
彩券　因與聿案簿錄 3	悅讀館	護玄	9789866815775	256	220
祕密　因與聿案簿錄 4	悅讀館	護玄	9789866815836	256	220
失去　因與聿案簿錄 5	悅讀館	護玄	9789866473074	296	240
不明　因與聿案簿錄 6	悅讀館	護玄	9789866473319	272	240
雙生　因與聿案簿錄 7	悅讀館	護玄	即將出版		
異動之刻 1	悅讀館	護玄	9789866473012	256	220
異動之刻 2	悅讀館	護玄	9789866473210	256	220
希臘神諭	悅讀館	戚建邦	9789866815706	320	250
莎翁之筆　筆世界1	悅讀館	戚建邦	9789866473128	288	220
反物質神杖　筆世界2	悅讀館	戚建邦	即將出版		
伏魔　道可道系列 1	悅讀館	燕壘生	9789867450630	168	139
辟邪　道可道系列 2	悅讀館	燕壘生	9789867450647	168	139
斬鬼　道可道系列 3	悅讀館	燕壘生	9789867450722	224	180
搜神　道可道系列 4	悅讀館	燕壘生	9789867450739	224	180
道門秘寶　道可道系列番外篇	悅讀館	燕壘生	9789866815522	320	250
活埋庵夜譚（限）	悅讀館	燕壘生	9789867450333	224	200
天誅：烈火之城卷（上）、（下）	悅讀館	燕壘生			各240
天誅第二部：天誅卷 1～2	悅讀館	燕壘生		384	各250
天誅第二部：天誅卷 3（完）	悅讀館	燕壘生	即將出版		
仇鬼豪戰錄 套書（上下不分售）	悅讀館	九鬼	9789866815379		499
輪迴	悅讀館	九鬼	9789866815782	256	199
永夜之城　夜城1	夜城	賽門・葛林	9789867450760	288	250
天使戰爭　夜城2	夜城	賽門・葛林	9789867450845	304	250
夜鶯的嘆息　夜城3	夜城	賽門・葛林	9789867450968	304	250
魔女回歸　夜城4	夜城	賽門・葛林	9789866815041	336	280
錯過的旅途　夜城5	夜城	賽門・葛林	9789866815232	352	299
毒蛇的利齒　夜城6	夜城	賽門・葛林	9789866815393	360	299
地獄債　夜城7	夜城	賽門・葛林	9789866815928	336	280
非自然詢問報　夜城8	夜城	賽門・葛林	9789866473081	288	250
又見審判日　夜城9	夜城	賽門・葛林	9789866473142		280
影子瀑布	Fever	賽門・葛林	9789866815607	464	380
善惡方程式（上下不分售）	Fever	珍・簡森	9789866815478	842	599
熾熱之夢	Fever	喬治・馬汀	9789866473234		360
審判日	Fever	珍・簡森	9789866473357		420
光之逝	Fever	喬治・馬汀	即將出版		
德莫尼克 卷一～卷八（完）可分售	符文之子2	全民熙			2378
符文之子 卷一～卷七（完）可分售	符文之子1	全民熙			2114
魔法世界之旅	知識樹	天沼春樹＆ 水月留津	9789866473241	240	220
柯普雷的翅膀	畫話本	AKRU	9789866815935		240
吳布雷茲・十年	畫話本	Blaze Wu	9789866473289	160	480
古本山海經圖說　上卷、下卷		馬昌儀			各550
新的世界沒有神	朱學恒作品集	朱學恒	9789866473302		260

＊實際定價以各書版權頁爲準

國家圖書館出版品預行編目資料

噩盡島／莫仁 著.－－初版.－－台北市：
蓋亞文化，2009.11-
冊；公分.

ISBN 978-986-6473-46-3（第3冊：平裝）

857.7 98015891

悅讀館 RE213

噩盡島 3

作者／莫仁
插畫／YinYin
封面設計／克里斯
出版社／蓋亞文化有限公司
地址◎ 台北市103赤峰街41巷7號1樓
電話◎（02）25585438　傳眞◎（02）25585439
部落格◎ gaeabooks.pixnet.net/blog
臉書◎ www.facebook.com/Gaeabooks
電子信箱◎ gaea@gaeabooks.com.tw
投稿信箱◎ editor@gaeabooks.com.tw
郵撥帳號◎ 19769541　戶名：蓋亞文化有限公司
法律顧問／義正國際法律事務所
總經銷／聯合發行股份有限公司
地址◎新北市新店區寶橋路235巷6弄6號2樓
電話◎（02）29178022　傳眞◎（02）29156275
港澳地區／一代匯集
地址◎九龍旺角塘尾道64號龍駒企業大廈10樓B&D室
電話◎（852）27838102　傳眞◎（852）23960050
初版十一刷／2015年4月
定價／新台幣 220 元
Printed in Taiwan

ISBN／978-986-6473-46-3

RE213
GAEA

ISLAND 噩盡島 3

蓋亞文化　讀者迴響

感謝您在茫茫書海中選擇了蓋亞，您的支持是我們最大的動力。
不要缺席喔，讓我們一起乘著夢想的羽翼，穿越時空遨遊天地！

姓名：　　性別：□男□女　　出生日期：　年　月　日

聯絡電話：　　手機：

學歷：□小學□國中□高中□大學□研究所　　職業：

E-mail：　　（請正確填寫）

通訊地址：□□□

本書購自：　　縣市　　書店

何處得知本書消息：□逛書店□親友推薦□DM廣告□網路□雜誌報導

是否購買過蓋亞其他書籍：□是，書名：　　□否，首次購買

購買本書的動機是：□封面很吸引人□書名取得很讚□喜歡作者□價格便宜□其他

是否參加過蓋亞所舉辦的活動：
□有，參加過　　場　　□無，因爲

喜歡出版社製作什麼樣的贈品：
□書卡□文具用品□衣服□作者簽名□海報□無所謂□其他：

您對本書的意見：
◎內容／□滿意□尚可□待改進　　◎編輯／□滿意□尚可□待改進
◎封面設計／□滿意□尚可□待改進　　◎定價／□滿意□尚可□待改進

推薦好友，讓他們一起分享出版訊息，享有購書優惠
1.姓名：　　e-mail：
2.姓名：　　e-mail：

其他建議：

廣告回信 郵資免付
台北郵局登記證
台北廣字第675號

蓋亞文化有限公司　收

103 台北市赤峰街41巷7號1樓

GAEA

GAEA